Walt Disney Lustiges Taschenbuch

CLASSIC! EDITION 7

Die Comics von Carl Barks

IMPRESSUM © Disney Enterprises, Inc. 2020, Walt Disney Lustiges Taschenbuch Classic Edition erscheint bei Egmont Ehapa Media GmbH, Alte Jakobstraße 83, 10179 Berlin I **Geschäftsführer** Klaus Thyge Hoeg-Hagensen I **Global Creative Director** Peter Höpfner (v.i.S.d.P.) I **Marketing & Kooperationen** Jörg Risken (Publishing Director) j.risken@egmont.de, Christoph Bergholz (Senior Product Manager) c.bergholz@egmont.de I **Redaktion** Johanna Hölzler, Stephanie Hölz (Assistenz) I **Druck** GGP Media GmbH, Karl-Marx-Straße 24, 07381 Pößneck I **Anzeigenverkauf** Klaus Thyge Hoeg-Hagensen (verantwortlich) I **Head of Media Sales** Dirk Eggert I **Freie Mitarbeiter dieser Ausgabe** Sigi Hepner, Ursula Ries (Grafik) I **Kontakt Walt Disney Publishing** Susanne Michels I Vorliegender Band berücksichtigt im Comicteil nicht die neuen Rechtschreibregeln. I

www.lustiges-taschenbuch.de
www.egmont-mediasolutions.de
www.egmont.de

EGMONT
Ehapa Media

INHALT

Die Comics von CARL BARKS

©Disney

Carl Barks

ist der bekannteste Disney-Zeichner überhaupt. Im Jahr 1935 arbeitete er bereits bei „Schneewittchen und die sieben Zwerge" mit, dem allerersten Zeichentrickfilm in Spielfilmlänge, und lernte zu dieser Zeit auch Donald Duck kennen. Er entwarf eine kurze Szene, die Donald auf einem Friseurstuhl zeigt und amüsierte Walt Disney damit so sehr, dass der ihn in die Abteilung für Geschichtenentwicklung beförderte. Ab 1942 bekam Barks von Western Publishing zahlreiche Aufträge für Zehnseiter und erstmals auch längere Comic-Geschichten. Zu dieser Zeit entstanden einige Klassiker, wie die Weihnachtsgeschichte „Die Mutprobe", für die er einen reichen Onkel für Donald entwickelte: Dagobert Duck! In den weiteren Jahren kreierte Barks auch Daniel Düsentrieb, Gundel Gaukeley, Gustav Gans, Oma Duck, die Panzerknacker und natürlich Entenhausen, das er „Duckburg" nannte. Im Laufe seiner Karriere entstanden mehr als 850 Disney-Comics, angefangen mit „Piratengold" (1942) bis zu „Genau der richtige Job" (1968). Mit der LTB Classic Edition erscheint sein gesamtes Werk chronologisch in der kongenialen Fuchs-Übersetzung.

Dr. Erika Fuchs

war die erste Chefredakteurin und Übersetzerin des Micky Maus-Magazins ab 1951 und des Lustigen Taschenbuchs ab 1967. Die promovierte Kunsthistorikerin prägte die deutsche Sprache mit ihren raffinierten Übersetzungen spürbar. Sprüche wie „Dem Ingeniör ist nichts zu schwör" oder Redewendungen wie „wenn ich mich mal salopp ausdrücken darf" gingen ihrerzeit direkt in den allgemeinen Sprachgebrauch über. Sie machte zuvor ungebräuchliche Begriffe alltagstauglich, bekannte Politiker bedienten sich ihrer Floskeln und die markanten Formulierungen machten die Ducks zu dem, was sie heute bei uns sind. Fuchs schuf für ihre Übersetzungen den Inflektiv, der scherzhaft auch als Erikativ bezeichnet wird, um Geräusche und Handlungen zu beschreiben, zum Beispiel „kicher", „brems" oder „seufz". Die LTB Classic Edition erscheint daher in der Originalübersetzung von Dr. Erika Fuchs! Klatsch! Klatsch!

WALT DISNEY
Donald Duck
IN OLD CALIFORNIA!
Im alten Kalifornien
Eine kleine Reisegruppe aus Entenhausen ist unterwegs, um die Sehenswürdigkeiten Kaliforniens zu bewundern…
Die Landschaft hier soll ja einmalig sein, aber bei dem Verkehr wage ich nicht, mich umzuschauen.
Vorsicht! Ein dicker Brummer!
Achtung! Randstein!
Fahr rechts ran, Onkel Donald! Hinter uns hupt einer wie ein Wilder!
RAK! RAK!
In Deckung! Schwere Brocken!
CRASH!
313
Das ist ja grauenhaft! Ich biege lieber links ab!
Wer hat hier eigentlich gelebt, bevor das ganze Land von Autos besetzt worden ist?
Moment! Ich muß erst mal Luft schnappen. Gleich erzähl' ich's euch.

Also, das war so: Erst lebten hier Indianer, die Hopis. Aber im 16. Jahrhundert eroberte Hernando Cortez Kalifornien, und so kamen die spanischen Granden ins Land, adlige Herren, die sich mit der Zeit...
...riesige Ländereien zulegten.
GRUNDSTÜCK ZU VERKAUFEN!
Es war ein reiches Land. In den Wäldern hausten Elch und Bär, und in den Tälern tummelten sich große Herden von Antilopen, Rindern und Wildpferden.
JAGEN VERBOTEN!
Ihr denkt vielleicht, die Hopis gingen sofort auf den Kriegspfad, um die spanischen Eroberer zu vertreiben! Taten sie nicht!
CAMPING VERBOTEN!
Warum denn nicht? Indianer sind doch tapfere Krieger.
Die Hopis nicht! Die sind ein fröhliches Völkchen und schwingen lieber das Tanzbein als das Kriegsbeil.
Mit den Spaniern kamen auch Missionare und bauten die berühmten Missionshäuser.
Kurzum, Kalifornien war ein wahres Paradies.
BESUCHT UNSERE ALTEN MISSIONEN!
Ich wollte, wir hätten damals gelebt! Muß ja herrlich gewesen sein!
Ja, es gab genug für jedermann, und niemand brauchte viel.
Und warum ist es heute nicht mehr so, Onkel Donald?
Weil... nun, weil hier 1848 Gold gefunden wurde.
DESERT INN NEW ENGLISH DINNERS
CAFETERIA MEXICANA
BODY-BUILDING
HOTEL BELLEVUE FRENCH FOOD
DISCO „DALLAS“

Man fährt immer weiter ins Land hinein...
Eins der alten Herrenhäuser! So wohnten die spanischen Granden.
Muß mal ein toller Schuppen gewesen sein!
In dem Städtchen vor uns lebten bestimmt viele schöne Señoritas!
Hätt' gerne eine kennengelernt!
Ich lieber Indianer!
BOWLING-CLUB
Da vorn ist ein Schild! Da steht drauf, wo's zur Indianerreservation geht!
Wo?
HEISSE QUELLEN
CRASH!
ZUR INDIANER-RESERVATION
Später...
He, was ist los?
Wo sind wir?
Habt einen Unfall gebaut, Leute! Aber keine Angst! Unser Medizinmann kommt gleich!
SJ
Schon da! Trinkt meinen Kräutersud! Wir tanzen dazu den Tanz der Nachtfalken. Dann ist alles wieder okay.
1A MEHL
Wahu! Jahu!
Rührend, die Leutchen! Aber uns fehlt ja eigentlich nichts.
Jawu! Jipii!

Tanz und Kräutersud haben eine erstaunliche Wirkung...
Plötzlich bin ich todmüde. Mir ist, als wenn ich träume.
Mir auch!
Als wenn wir in längst vergangenen Zeiten lebten, so ist mir.
Und nach einiger Zeit...
Tschüs, Freunde! Und vielen Dank, daß ihr uns wieder auf die Beine gebracht habt.
Gern geschehen! Jeder Grund zum Tanz ist uns willkommen.
Also, zuerst sehen wir mal nach unserm Wagen, ob er noch fahrtüchtig ist.
Hier ist die Unfallstelle. Wir sollen an den Felsen neben der Straße gekracht sein.
Welcher Straße?
Die Straße ist weg! Wo ist sie geblieben?
Und was ist aus dem Städtchen mit den schönen Señoritas geworden? Weit und breit nichts als Rinder und Antilopen!

Wir haben uns verirrt!
Nein, das sind dieselben Berge, die wir vor dem Unfall gesehen haben.
Aber doch irgendwie anders!
Stimmt! Da wachsen jetzt Bäume. Ich denk' mir, so hat es hier vor hundert Jahren ausgesehen.
Das ist nicht normal. Ich schlage vor, wir gehen zum Indianerdorf zurück und verlangen Aufklärung.
Ich bin dagegen, daß irgendein Medizinmann mein Auto verschwinden und Bäume auf den Bergen wachsen läßt. Das ist kriminell! Jawohl!
Wenn der alte Kräutersepp nicht auspackt, zeige ich ihn an.
Huch!
Wie kann hier schlagartig ein Bär auftauchen? Die sind doch in Kalifornien längst ausgestorben!
Vielleicht sind es dressierte Bären?
Kaum! Dann hätten sie ein Halsband.

Bären im Wald, Antilopen auf der Weide, keine Straßen, keine Siedlungen und überhaupt... bei den Indianern war zum Schluß auch plötzlich alles anders.
Genau! Die Hopis waren fast nackt, hatten nur eine Feder im Haar.
Und die Häuser waren plötzlich runde Hütten.
Ich glaube, so haben die Indianer gelebt, eh' der weiße Mann ins Land kam.
Und ich sorge dafür, daß sie im Gefängnis leben, wenn sie meinen Wagen nicht rausrücken.
Moment, Onkel Donald!
Du hast keinen Wagen. Ich meine, nicht jetzt... es ist alles ein Traum...
Wir alle träumen.
Ist doch ganz klar! Wir träumen, wir sind im alten Kalifornien.
Erinnerst du dich, wie du uns von den früheren Zeiten erzählt hast und wir uns gewünscht haben, wir hätten damals gelebt? Und jetzt...
Du meinst, unser Wunsch ist in Erfüllung gegangen?

Vielleicht! Zwischen Himmel und Erde soll sich ja allerhand abspielen. Autounfall... alle mausetot... und unsere Seelen sind auf die Wanderschaft gegangen.
Klar! Seelenwanderung! So was gibt's! Und jetzt sind wir eben im Land der schönen Señoritas.
Hoffentlich!
Nun ja! Das Leben, ein Traum! Das wollen wir ausnutzen und ein bißchen in der Gegend rumstrolchen.
Wir sind jetzt eben feurige Spanier! Olé!
Und tanzen Tango und Fandango!
Na, dann los! Irgendwie find' ich das alles wahnsinnig lustig.
Wißt ihr, das Gute beim Träumen ist, daß einem nichts Ernsthaftes passiert.
WHAMBO!
Oh, da hab' ich mich getäuscht!

Das ist eben kein gewöhnlicher Traum. Wir müssen schon ein bißchen aufpassen.
Ob ich nun träume oder nicht, ich merke deutlich, daß ich hungrig bin. Sehr sogar!
Vielleicht könnten wir bei unsren Indianern was Eßbares kaufen. Ach nein, lieber nicht!
Warum nicht, Onkel Donald?
Ich hab' gelesen, daß sie getrocknete Grillen essen. Kommt, wir suchen uns unser Essen lieber im Wald und Feld.
Doch auf den saftigen Weiden Alt-Kaliforniens lauert so manche Gefahr...
Haltet die Augen offen! Hier wimmelt es von wilden Bullen.
Solange wir im Wald bleiben, ist alles halb so schlimm.
Aber wir wollen ja weiter. Was machen wir denn da?
Sucht einen langen Stock und ein dickes Bündel Gras! Ich hab' einen teuflischen Plan.

Ihr geht in Deckung! Die Bullen schaff' ich allein.
Kommt doch her, ihr wutschnaubenden Steakträger! Ich mach' Hackfleisch aus euch!
Auweia! Onkel Donald ist eingekesselt!
Sie greifen an!
BAMBO!
Sieht ungefähr so aus wie auf einem Autofriedhof!
Später...
Wir sind jetzt schon stundenlang unterwegs und haben niemanden getroffen, nur Rindviecher!
Ein Königreich für ein paar Hamburger!
Halt! Ich sehe Rauch!
Das ist das Herrenhaus, an dem wir heut früh vorbeigefahren sind.
Hat sich toll verändert!

So sah es eben vor einhundert Jahren aus, als es noch bewohnt war.
Wahrscheinlich lebt da ein spanischer Grande mit seiner Familie und seinem indianischen Personal.
Mir ist es Wurscht, wer da lebt. Ich möcht' nur wissen, was es da zu essen gibt.
Hiergeblieben! Du kannst da nicht einfach reinplatzen und um ein paar Bouletten betteln!
Wir müssen uns so benehmen, wie es damals Sitte war.
Jeder Fremde, der munter des Weges kam, wurde aufgenommen und reich bewirtet. Denn Gastfreundschaft war das höchste.
Und so nähert man sich der Ranch mit der fröhlichen Unbekümmertheit, von der man annimmt, daß sie dazumal Brauch war…
Yi-yi – Yi-yi-yiyi-yi!

Mamma mia, was haben die denn für seltsame Manieren?
Gar keine, mein Kind! Ohne Zweifel Amerikaner!
Hallo, Oma! Sag dem Herrn des Hauses, wir sind gekommen, um auf seiner Fiesta Fandango zu tanzen!
Fiesta? Wie kommt ihr darauf, daß Don Gaspar Fernando Ignacio de Sepulveda y Verougo y Buenaventura heute eine Fiesta feiert?
Ja, werden hier denn nicht pausenlos Feste gefeiert?
Und Fremde gastfreundlich eingeladen?
Sind die Leute gefährlich, Vater?
Pst, Panchita!
Entschuldigen Sie, wenn wir zu dreist waren. Aber…
…würde uns Don Gaspar wohl…
…einen Teller Suppe abgeben?
Nur ein paar Halbwüchsige, die sich verirrt haben und hungrig sind! Stell das Gewehr weg!
Kommt rein, Muchachos! Don Garspars Tisch ist für euch friedliche Reisende immer gedeckt.

Juanita! Margarita! Bringt Speis und Trank für vier hungrige Reisende!
Elena! Constanza! Bezieht die Betten in unserm besten Gästezimmer für vier müde Reisende!
Brigidita! Dorotea! Macht Wasser heiß für vier staubige Reisende!
Muchachos, mein Haus ist euer Haus!
Sie gehen zu weit, Sir! Wir könnten die Miete nicht bezahlen.
So geschah es also, daß vier Reisende aus dem 20. Jahrhundert als Gäste auf einer alt-kalifornischen Ranch empfangen wurden, wie es in der guten alten Zeit Brauch war...
DON GASPAR
DIE SEÑORA
TINA
ROLANDO. DER VAQUERO
PANCHITA
Sie fragen gar nicht, wer wir sind und wo wir herkommen. Das ist eben die feine spanische Art!
In die Wanne mit euch, Muchachos! Ihr müßt sauber sein, wenn ihr morgen mit der Señorita zum Rodeo reitet.

Rodeo! Das bedeutet, daß Tausende von Don Gaspars wilden Rindern zusammengetrieben werden...
Die Weide war gut dies Jahr. Wir werden an die zehntausend Häute nach San Diego verfrachten können.
Die Vaqueros, wie hier die Cowboys genannt werden, können reiten wie die Teufel. Sie trennen Kühe und Kälber von der Herde und treiben sie in die Berge...
Die widerspenstigen Bullen werden in die großen Corrals neben der Gerberei getrieben...
Geschieht ihnen recht!
Der geschickteste Vaquero ist Rolando...
Toll ist der! Genausogut wie John Wayne!
John Wayne? Von dem hab' ich noch nie gehört.
Kannst du auch nicht! Der ist jetzt noch gar nicht berühmt.
Vorsicht, Panchita! Ein Bulle!
Reitet hinter die Felsen, Muchachos! Mit Bullen ist nicht zu spaßen!

Schreck, tritt
nitas Pferd in ein
lwurfs-
ch...
Ich komme, Panchita!
Gefangen! Nicht umsonst hab' ich Hunderte von Wildwest-filmen gesehen.
Oje! Ich hab' vergessen, das Seil am Sattelknopf festzubinden.
ZIP!
Hilfe! Hilfe!
Hilfe!
Ein zweites Lasso zischt durch die Luft, diesmal von der sicheren Hand Rolandos geworfen...
KA-THUD
O Rolando, du bist wunder-bar!
Wie im Film!
Rührend!

Am nächtlichen Lagerfeuer singen die Vaqueros ihre alten Vaquerolieder...
El toro, he go floppo!
Und wer hat die schönste Stimme? Natürlich Rolando...
Der würde in Hollywood ein berühmter Star! Nur die Haare müßte er sich mal kämmen.
Ich kenne jede Menge Lieder. Soll ich dir ein paar beibringen?
Ja, tu das, Donaldo! Denn vielleicht...
Ich meine, vielleicht gibt es jemand, der mich gern singen hört.
Nach einem Rodeo findet immer eine große Fiesta statt...
Ein ganzer Ochse am Spieß und jede Menge von Frijoles, Tamales, Tacos und Chiles rellenos!
Don Gaspar muß eine ganze Armee erwarten.
Um eine Fiesta zu feiern, reitet man meilenweit: Rancheros, Caballeros, Padres, Vaqueros, Indianer! Stimmen schwirren, Seidenroben rauschen, Degen klirren, und die Gitarren spielen feurige Weisen...

Schöne Señoritas mit funkelnden Augen schmücken sich voll froher Erwartung...
Aber die Schönste von allen ist Panchita...
Mann!
Einfach...
...irre!
Wo ist Rolando?
Warum ist er nicht da?
Und fordert Panchita zum Fandango auf?
Da...
Komm, Panchita! Der erste Tanz gehört mir.
Tina!
Wer ist...
...der Dicke?
Don Porco de Lardo, der reichste Ranchero im ganzen Land! Die Señora will, daß Panchita ihn heiratet.
Das darf nicht wahr sein!
Nicht mal im Traum!
Der Dicke muß weg!
Warum heiratet Panchita nicht Rolando?
Rolando? Rolando ist nur ein armer Vaquero. So was heiratet die Tochter eines spanischen Granden nicht.

Jedoch zu einer Fiesta sind auch arme Vaqueros geladen...
Sei nicht so schüchtern, Rolando! Bitte Panchita sofort um den nächsten Tanz, oder ich drück' dir die Sporen ins Kreuz!
Danke, Señor Donaldo!
Bedanken Sie sich bei Tina, Señorita! Sie hat Rolando festgehalten, damit ich ihn kämmen konnte!
Donaldo hat mir erzählt, daß er dir neue Lieder beigebracht hat. Du mußt sie mir vorsingen, Rolando.
Oh!
Daher...
Schön bist du! Wie ein Telestar auf meiner Flimmerscheibe! Ach hätten wir doch beide eine Bleibe! Komm, komm! Der Helikopter wartet schon. Eh' man uns sucht, sind wir entflohn!
Was für seltsame Worte! Telestar? Helikopter? Versteh' ich einfach nicht!
Panchita!
Keine Sorge, Señora! Wegen einem Vaquero lass' ich mir keine grauen Haare wachsen. Wenn ich heirate, vergeht dem das Singen.
Unter den Gästen befindet sich ein Alcalde, das ist so etwas wie ein regierender Bürgermeister...
Falls jemand auch nach Monterey fahren will, ich hab' in meinem Wagen noch vier Plätze frei.

Nach Monterey in einer alten Kutsche! Das wär' was!
Wir sind ja schließlich hier, um Alt-Kalifornien kennenzulernen. Dazu gehört auch eine Kutschfahrt.
Und so stürzt man sich am nächsten Morgen in ein weiteres Abenteuer...
Lebt wohl, Leute! Und herzlichen Dank für Speis und Trank!
Warte,
Onkel
Donald!
Panchita und Rolando sind so unglücklich. Können wir ihnen nicht helfen?
Bevor wir verschwinden?
Bitte!
Es ist echt brutal, daß sie den dicken Porco de Lardo heiraten muß, nur weil Rolando arm ist!
Bin ganz eurer Meinung, aber das ist nicht unser Bier.
Jedoch...
Ich glaube, wir können da was in Bewegung setzen. Mal sehen!
Tina, welches Jahr haben wir?
1848! Ihr lebt wohl hinterm Mond?

1848! Mannomann!
!
Eine Frage, Señora: Wenn Rolando reich wäre, dürfte er dann Panchita heiraten?
Natürlich dürfte er! Man hat ja schließlich ein Herz.
Bitte, Don Gaspar, sagen Sie Rolando, er soll zum Sacramento reiten und nach Gold suchen. Jetzt gleich, eh' das Goldfieber ausbricht.
Der gebildete Leser merkt, es handelt sich um den Goldrausch von 1848. Damals wußte fast keiner, welche Reichtümer die kalifornische Erde barg…
Was Sie sagen, hört sich seltsam an, Señor Donaldo, aber irgendwie scheinen Sie mehr zu wissen als wir.
So soll denn Rolando zum Sacramento reiten, und Panchita wird auf ihn warten. Der Himmel sei mit Ihnen, Don Donaldo!
Auch ich wünsche dir alles Gute, Donaldo!
Und
was ist
mit uns?

Die Kutsche des Alcalden ist kein Rolls-Royce...
Au, meine Knochen!
Tja, Onkel Donald, so ist das heute!
Trotzdem kommt man vorwärts...
Wir müssen bald in Los Angeles sein! Ah, da ist es schon!
Was? Das soll Los Angeles sein?
Da staunt ihr, was? Ein stattlicher Ort!
N-na ja! Eigentlich schon!
Man kommt ins Gespräch...
Sie sollten Land kaufen, Señor! Wer Land besitzt, strolcht nicht soviel in der Welt herum.
Ich hätte noch einige größere Grundstücke zu vergeben. Ein paar tausend Hektar! Wie wär's?
Ein paar tausend?
Ja, südlich von hier! Wir brauchen Ihren Besitz nur noch ins Grundbuch einzutragen.
MONTEREY
SOLEDAD
LOS ANGELES
So einfach war es dazumal, ein großes Stück des Landes Kalifornien zu erwerben...
Dort, wo der Kondor seine Kreise zieht, ist es.
Nun werd nur nicht poetisch, Onkel Donald.

Heißa! Wir sind große Herren auf eigenem Land!
Bißchen sehr einsam hier! Ich glaub', wir hätten ein Gewehr besorgen sollen.
Zwei Tage später...
Wir sind da! Gottlob! Ich bin geschafft!
Nichts wie Gegend, so weit man sieht!
Alles von hier bis zum Fluß gehört uns, mitsamt dem Vieh.
Zuerst bauen wir ein Haus.
Und dann züchten
wir Rinder!
He, hat's da nicht geschossen?
BANG!
So ein verdammter Viehdieb! Knallt unsre Tiere ab!
BANG!
He, du!
Was gibt dir das Recht, meine Rinder abzuknallen?
Die Knarre in meiner Hand, Blödmann! Und wieso „deine" Rinder?

Weil sie mir gehören! Das ganze Land gehört mir. Wenn du jagen willst, dann gefälligst woanders!
Hast du das schriftlich?
Ja, eine Urkunde, unterschrieben vom Alcalden in Monterey!
„Für alle Zeit ist das hier eingezeichnete Grundstück Señor Donaldo Duck zu eigen."
NUOVA CALIFORNIA
LANDS PUBLICO
DONALD DUCK
He, Sarah! Von jetzt ab heißen wir Duck und unser Land ist im Grundbuch eingetragen.
Wie schön, Ezry!
Und du, schwirr ab, Fremder! Ich erlaube niemandem, mein Land zu betreten.
Hier geht's ja zu wie im Wilden Westen.
Redet nicht! Lauft, was ihr könnt!
BANG!
Ezry heißt er also! Den Namen werd' ich mir merken!
Gibt es hier denn keine Polizei, die uns zu unserm Recht verhilft?
Nein! Hier nimmt jeder das Gesetz in die eigene Hand. Auch wir!

Darum strebt man die nächste Handelsstation an, Sutters Port am Sacramento…
Ich kauf' mir ein tolles Schießeisen. Ezry soll mich kennenlernen!
Aber…
Herrje! Sutters Port ist gerammelt voll!
Hunderte von Planwagen! Wieso das denn?
Gold!
Gold!
Bißchen schwer von Begriff, was? Das mit dem Gold hat sich eben rumgesprochen. Wir sind mitten im Goldrausch.
Gold!
Gold!
Gold!
Aber ich lass' mich davon nicht anstecken. Wartet hier, bis ich eine Waffe gekauft habe!
Gold!
Gold!
Ich find', die Leute sind echt übergeschappt!
Genau!
Gottlob, daß Onkel Donald so vernünftig ist!
Später…
Endlich kommst du, Onkel Donald!
Jetzt können wir uns Ezry vorknöpfen.
Pah, Ezry! Der kann warten! Ich hab' mir eine Goldgräberausrüstung gekauft. Wir suchen auch nach Gold!

Man ist also doch vom Goldfieber angesteckt. Und so lernen unsre Freunde die sogenannte gute alte Zeit von ihrer schlimmsten Seite kennen...
Mann, ein breiter Uferstrand voller Nuggets! Sieht man mit bloßem Auge!
Wir sind hier die ersten. Das ist unser Claim.
Kinder, das flutscht! Wir sind jetzt schon reiche Leute!
Wohl neu hier, was? Ich meine, weil ihr solchen Plunder sammelt.
Das ist doch nur achtzehnkarätiges Gold! Gleich hinter der nächsten Flußbiegung findet man Gold von zweiundzwanzig Karat. Das lohnt eher!
Zweiundzwanzig Karat! Was vertrödeln wir unsre Zeit? Kommt, Kinder! Flußabwärts!
Hier ist nichts! Nicht mal ein Ufer!
Sieh dich mal um, Onkel Donald! Der Fremde beutet unsern Claim aus. Er hat uns behumpst.

Betrüger! Schwindler! Runter von meinem Claim!
Dir gehört hier gar nichts mehr. Wer seinen Claim verläßt, gibt seine Rechte auf. So ist das hier!
Genau! Der Claim gehört jetzt mir und meinem Partner.
Ezry!
Ja, Ezry! Hab' gehört, daß Goldsuchen mehr bringt als Rinder züchten. Also los, verschwinde!
Von fern beobachtet ein Reiter das Geschehen. Dann gibt er seinem Gaul die Sporen...
Verschwinde, hab' ich gesagt!
Ich rate Ihnen zu verschwinden, Señor!
Rolando!
Rolando ist der Größte!

Aber wenn die nun zurückkommen? Die schießen dich glatt tot.
Verprügelte Coyoten kommen nie zurück, Muchacho!
Die Zeiten des Goldrausches kannten kein Gesetz, nur das der Gewalt. Das hat man gelernt. Wie gut, wenn man da einen Partner findet, der stark und mutig ist und ein Gewehr hat...
Du brauchst nur mit gezückter Waffe Wache zu halten, Rolando! Alles andere machen wir.
So beschützt, hat man bald ein Vermögen aus dem Uferkies des Sacramento herausgehackt und gesiebt...
Gold genug für uns alle, denk' ich!
O ja! Panchita wird Herrin der größten und schönsten Ranch in ganz Kalifornien.
Und eines schönen Morgens...
Adios, Freunde! Panchita und ich werden euch das nie vergessen.
Nicht der Rede wert!
Mach's gut, Rolando!
Er wollte, daß wir mitkommen, aber...
Don Gaspar und die Señora und Panchita und Tina sind plötzlich irgendwie ganz weit weg... wie Leute, von denen man nur geträumt hat.

Aber es war ein wunderschöner Traum!
Find' ich auch!
Kommt, wir schlafen mal eine Runde. Vielleicht ist uns dann nicht mehr so belemmert zumute.
Während man schläft, verschwinden die grünen Wälder auf den Bergen, das Rauschen des Flusses wird leiser, und das Pinkepank der Goldgräberpickel verstummt...
Ich glaube, sie kommen zu sich, Doktor!
Was ist?
Ruhe! Wir wollen uns doch nicht aufregen!
Wieso sind wir in einem Krankenhaus?
Erinnern Sie sich denn nicht? Sie hatten einen Autounfall.
Indianer haben Sie gefunden und euch allen einen Heilkräutertrank verpaßt.
Ja, jetzt erinnere ich mich wieder! Ich meine, an den fidelen Medizinmann!
Er muß euch ein tolles Gebräu gegeben haben. Ihr wart sechs Wochen bewußtlos.

Moderne Medizin und moderne Kraftfahrzeugwerkstätten haben ihre Vorzüge. Unsere Freunde können ihre Reise bald fortsetzen...
Also ab nach Haus, Kinder!
Onkel Donald, ich würde so gern noch mal Don Gaspars Haus sehen!
Da ist es, das alte Herrenhaus! Wir wissen, wie stattlich es früher war.
Wenn Don Gaspar und Panchita auch nicht mehr da sind, ich bin dafür, wir bringen ihnen ein Ständchen.
So nähert man sich der alten Ranch mit der gleichen Unbekümmertheit wie im Traum...
Yi! Yi! Yii! Yi! Yi! Yii! Yi!
Während hinter ihnen der moderne Verkehr vorbeirauscht...
Na, sag mal, Hans Dietrich, tanzen da einfach vor einer Ruine und singen!
Typisch Kalifornien, Dolly! Hier gibt's jede Menge Verrückte!

Walt Disney presents
Donald Duck
Ritter Eisenbeiß
Du sollst gleich zu Tante Daisy kommen, Onkel Donald. In ihrem Kränzchen wollen sie wieder Theater spielen.
Herrje. Da soll ich natürlich wieder Kulissen schieben.
Nein, was viel Besseres.
Du sollst…
…selbst mitspielen.
Das hab' ich mir schon immer gewünscht. Ich bin der geborene Wilhelm Tell.
Durch diese hohle Gasse muß er kommen! Es führt kein anderer Weg nach Küßnacht!
Spute dich lieber, Wilhelm Tell…
…Daisy wartet mit ihren Damen auf dich…
…und platzt schon vor Ungeduld.
Vielleicht komm' ich auf diese Weise noch nach Hollywood.

Platz, Platz dem Landvogt! Man gehe aus dem Weg! Der beste Schauspieler aller Zeiten erscheinet!
1. AKT
Gut gebrüllt, Löwe! Das bin ich in der Tat.
Vetter Gustav! Du alter Angeber! Was willst du denn hier?
Ich? Was ich will? Theater spielen! Die Hauptrolle – versteht sich.
Nur über meine Leiche!
Kinder, Kinder! Hört mit dem Raufen auf. Bis jetzt hat keiner von euch die Rolle.
POW
BOP
BAM
Ihr müßt überhaupt erst vorsprechen, wie es beim Theater üblich ist.
Oh!
Und wer's am besten kann, kriegt die Hauptrolle, den Ritter Eisenbeiß.

Unser Stück spielt in der Ritterzeit, wo Mannesehre noch etwas galt.
Oje! Oje!
Der Hauptdarsteller muß ein Mann von ritterlichem Aussehen und edlem Gebaren sein.
AUSGANG
Dann kommt der da gar nicht in Frage.
Ihr seid einer so unritterlich wie der andere. Steig in die Rüstung, Donald. Und sieh dir deine Rolle an!
Die Rollen sind studiert, die Schauspieler nehmen ihre Plätze ein...
Herr Duck, Sie müssen jetzt gewichtigen Schrittes die Bühne betreten und sagen: „Heiho, wo find' ich Euch, vielschöne Maid?"
Komm' schon!
CLANK!
CLANK!
1. AKT
Heiho, wo find' ich Euch, mein schönes Kind?
Schöne Maid...
...Onkel Donald!
Nicht schönes Kind.
Ha, ha, ich komm' als zweiter dran. Da weiß ich schon, was falsch ist.

Donald probiert's noch einmal…
Heiho, wo find' ich Euch, vielschöne Maid?
Vorzüglich, Herr Duck.
1. AKT
Daisy, die Heldin des Stückes, erwidert:
Hier bin ich, edler Ritter. Oh, rettet mich! Ich bin in eines Drachen Klauen.
Vertraut auf mich, hochedle Jungfrau, ich schlag' das Biest zu Brei.
Aber bitte, Herr Duck, halten Sie sich doch an den Text!
Fürwahr, den Drachen förcht' ich nicht.
Vorzüglich, Herr Duck, ganz vorzüglich.
Herr Gans, wollen Sie es jetzt versuchen?
Und ob!
Du kannst lachen! Ich hab' dir alles vorgemacht.
Du sagst es! Nicht umsonst heiße ich „der Glückliche Gustav", du Hanswurst.
SCHMINK-KASTEN

Heiho, wo find' ich Euch, vielschöne Maid?
Hier bin ich, edler Ritter. Oh, rettet mich. Ich bin in eines Drachen Klauen.
Gustav probiert die Rolle.
Vertraut auf mich, hochedle Jungfrau, fürwahr, den Drachen förcht' ich nicht.
Ausgezeichnet, Herr Gans, ausgezeichnet.
Ich kann nicht entscheiden, Daisy, welcher von beiden der Beste ist.
Vielleicht ist es am besten, wenn beide die Rolle lernen...
...dann wissen wir bis zur Premiere, wer den Ritter Eisenbeiß am besten spielen kann.
1. AKT
Niemals! Das entscheiden wir selbst. Sofort.
Das Raufen nützt euch gar nichts. Die Rolle bekommt der, der am ritterlichsten ist.

Und damit meine ich, wer sich am höflichsten benimmt, auch außerhalb der Proben.
Was, zu dem lächerlichen Angeber soll ich höflich sein?
Allerdings! Und er zu dir auch.
Wir spielen dieses Stück, um die Ideale der Ritterzeit wieder aufleben zu lassen.
Jetzt ist bei mir der Groschen gefallen, gnädige Frau.
Später...
Darf ich Euch, da nunmehr die Prob' beendet, ganz untertänigst die Pforte öffnen, Gevatter?
Endlich begriffen, Gustav, so ist's richtig.
Nein, wie ritterlich, Herr Gans.
Mit Verlaub, Herr Vetter, darf ich die Stufen Euch hinabgeleiten?
Liebwerter Anverwandter, Ihr beschämet mich fürwahr.
NÄCHSTE VORSTELLUNG „ALS ES NOCH RITTER GAB"
Wie lange dauert wohl dies ritterliche Süßholzraspeln?
Nur bis zur nächsten Ecke.
Es dünket mich, ich schlag' Euch grün und blau, Graf Gustav.
Mich dünket ganz dasselbe, werter Fürst.

Bei der Probe am nächsten Tag...
Gerechter Himmel! Wo habt ihr die blauen Augen her?
Ich hab' mich an einer Tür gestoßen, Daisy.
Und ich ebenfalls, als ich ihm helfen wollte.
Hmm – na schön, fangen wir an.
Donald fängt an...
Tritt herfür, o Drachen-ungeheuer! Ich, Ritter Eisenbeiß, begehr' im Zweikampf mich mit dir zu messen.
Schnorchel!
Herr Vetter, Ihr spielt einfach hinreißend.
CLAP! CLAP! CLAP! CLAP! CLAP! CLAP! CLAP! CLAP!
Gustav spielt vor.
Ei traun fürwahr, mög' eher ich abscheiden von der Welt, als daß ein edles Herz im Unglück schmachte.
Euer Spiel ist phänomenal, Herr Vetter.
CLAP! CLAP!
Komm nachher mit hinter die Fabrik, da hau' ich dir auf deine weiche Birne.
Paß du lieber auf deine saure Murmel auf!

Die wollen sich hinter der Fabrik nebenan treffen. Ich muß wissen, was da vor sich geht.
BÜHNEN-EINGANG
Aha! Ihr habt wohl noch nicht genug blaue Augen?
Ihr seid mir schöne Ritter! Tragt eure Händel mit den Fäusten aus wie Straßenlümmel!
Reg dich nur nicht künstlich auf! Wie haben denn deine geehrten Ritter ihre Händel ausgetragen?
Mit Schwert und Schild auf dem Turnierplatz, ihr Ignoranten.
Damit meine ich allerdings nicht, daß ihr Hampelmänner euch duellieren sollt. Geht nach Haus, und benehmt euch.
Hm...
...duellieren?
Bis zur Premiere wird eifrig geprobt...
Eine Stunde vor Beginn der Vorstellung treffen wir uns hinter der Fabrik.
Topp! Wer gewinnt, spielt den Ritter Eisenbeiß.
Ich bin sicher, Onkel Donald wird Sieger.
Ich setze auf Onkel Gustav.
Seid still, ihr albernen Quatschmacher, ihr wißt ganz genau, wer gewinnt.

Hinter der Fabrik wird die Weltgeschichte um einige Jahrhunderte zurückgedreht...
Wir helfen dir, die Rüstung zu besteigen, Onkel Donald.
So — nun wird's schon klappen.
Eine Minute später...
Wehr dich, Schurke!
CLONG!
Mein Schwert steckt in deinem Helm fest.
Meins auch. Laß los!
Der Magnet hat die Rüstungen ganz magnetisiert.
Die kleben noch stundenlang zusammen.
Wie tragisch!
Na, und wer spielt nun den Ritter Eisenbeiß?
Wir wissen schon, wer die Rolle spielt — unser Lieblingsschauspieler.

Die Vorstellung hat begonnen und nimmt ihren Lauf.
Heiho, wo find' ich Euch, vielschöne Maid?
Der stattliche Schauspieler, der die Rolle des Ritters übernommen hat, macht seine Sache vorzüglich. Wer mag es nur sein?
Alles geht gut bis zu der Szene, wo der Drache wut- und feuerschnaubend zum Kampf erscheint...
Uah! Uah!
Gebt die Jungfrau frei — oder Ihr seid des Todes!
Schnarch!
Au, au, er hat mir direkt ins Gesicht geblasen.
Du liebe Güte, Ritter Eisenbeiß läuft in drei Einzelteilen von der Bühne!
Die ganze Aufführung ist verpatzt.
Das ist noch lange nicht alles.
Ich hab' genug von Rittertum und höfischen Sitten. Zu Schrott hau' ich die ganze Eisenbeißerei.
ENDE

Walt Disney presents
Donald Duck
Garten-freuden
Milben, Mehltau! Würmer, Wanzen! Die Hälfte meines Lebens spritz' ich, und zwar vergebens!
Die andere Hälfte bin ich mit dem Ausrotten von Gemüse-motten beschäftigt.
Und die übrige Zeit muß ich Unkraut mähen!
Wozu, frage ich, rackere ich mich mit dem Gemüse-garten ab?
Nur für ein bißchen Eigenbau auf dem Tisch!
Kluge Leute benutzen ihr Grundstück für Spiel und Sport!
Sie haben Tennisplätze oder einen Swimmingpool!
Habe ich Swimmingpool gesagt?

Wir gehen jetzt, Onkel Donald!
Der Bus zum Zeltlager fährt grad' vor.
Geht nur! Geht nur!
In vier Wochen sind wir wieder da.
Schon gut! Schon gut!
Onkel Donald war geistig irgendwie weggetreten.
Wahrscheinlich ist ihm eine glückliche Idee für den Garten gekommen!
Ein Swimming-pool!
Warum hab' ich daran nicht längst gedacht? Das Sprungbrett kommt dorthin, wo der Kohl steht, und die Umkleidekabinen hinter die Bohnenstangen!
Hallo? Sprech' ich mit der „Romantic Pool AG"? Schicken Sie mir bitte Ihren zuständigen Vertreter! Sofort!
Das ist der Pool meines Lebens! Der da! Ihr Typ „Mondsee"!
ROMANTIC POOL AG
Weg damit! Ich will mich in der Sonne aalen und mein Leben genießen!
ZU VERKAUFEN

Schon am nächsten Tag macht man dem Garten den Garaus…
Wo einst Kohl und Bohnen prangten, wachsen Mauern…
Und eine Woche später ist das Grundstück hinter dem Haus ein Anblick für Götter…
Die Kinder werden jubeln vor Freude!
Und ich? Ich sage: Raus aus den Klamotten, und rein ins kühle Naß!
Onkel Duck!
Dein Puhl ist Bön geworden!
Dürfen wir da bissi rein?
Was die für Glubschaugen machen! Die reinsten Erpresser!

Da erlahmt jeder Widerstand! Na ja, es sind ja nur zwei! Und jetzt...
...mit einem Schraubensalto hinein!
Huch!
Aus dem Weg, Mann! Ich bin dran!
Nur zweien hab' ich das Baden erlaubt! Alle andern raus!
Raus! Raus! Oder ich werde handgreiflich!
Hat keinen Zweck! Man kann ja sein eigenes Wort nicht verstehen!

Stunden vergehen... Stunden, Stunden, Stunden...
Laßt euch nur Zeit! Ich bin ja noch jung!
Erst als ein kühles Abendlüftchen aufkommt, verkrümeln sich die Gäste...
War dufte, daß du mir das von dem Puhl gesagt hast, Paule!
Bedank dich bei Petra! Die hat's Pit gesagt und der mir!
Endlich ist im Typ „Mondsee" Platz für den Besitzer...
SPLASH!
SVOSH!
Lumpen, Korken, Flaschen, Papier... und einige Milchzähne! Grauenhaft!
Mitternacht...
So, jetzt hab' ich das Becken wieder sauber und frisch gefüllt! Morgen früh dann direkt aus den Federn ins Wasser!
Am Morgen...
Viel geschlafen hab' ich nicht, vor lauter Swimmingpool!
RRING
Egal! Ein Salto vom Sprungbrett, und ich bin frisch wie eine Moosrose!
Nichts für ungut, Herr Duck! Meine Spaniels haben beim Morgenbummel Ihren Pool entdeckt! Ist es nicht rührend, wie sie sich freuen?

1 — 2 — 3 — 4 — 5 — 6 — 7 —
Ihr Schwimmbecken ist einsame Spitze, Herr Duck!
Wir kommen deshalb heut schon ganz früh!
9 — 10 — 11 — 12 — 13 — 14 — 15 — 16 —
Mittags...
10 396 — 10 397 —
YIPPEE!
SPLASH!
YOW!
Abends...
20 602 — 20 603 —
Tschüs, Paule!
Tschüs, Robert! Bis morgen!
Nein, morgen nicht! Ich muß ihnen das Baden irgendwie verleiden! Irgendwie!
Hunde sind auf diese Weise auszusperren, aber Kinder? Die klettern über die Mauer.
Ich hab's! Ich verpasse ihnen einen Kälteschock.

Hallo? Kaltenborn & Söhne am Apparat? Gut! Könnten Sie ein Ladung Eis in meinen Swimmingpool schütten? Sofort! Heute nacht noch!
Und als der Morgen anbricht...
? ?
AUWEIA!
OOOOH!
ICH ERFRIERE!
?!!
LASST MICH RAUS!
BRRR!
Sie sind fort! Jetzt kann ich endlich in meinem Mondsee baden! In so einem Fall bedarf es eben...
...einer großen Portion Gehirnschmalzes! Dann findet man schon einen Ausweg!
Gehirnschmalz?!
Kreisch!
Als das ausgeteilt wurde, muß ich gefehlt haben!
Ein Entschluß reift...
Ich werde mit einem Rechtsanwalt sprechen.
Da drüben geht er, der miese Möpp!
Kinderfeindlich, wie alle Erwachsenen!

Einen so zu erschrecken! Das tut man nicht!
Das ist ja direkt ein Asozialer!
Spielverderber!
Buh!
Soll ich ihn unter Beschuß nehmen?
Ich weiß nicht! Lieber erst, wenn er's noch mal tut!
So lang wart' ich nicht!
SPLOK!
Mutschmann hat dem Duck eine Tomate an die Birne gepfeffert! Machen wir auch, was?
Lieber Eier!
Die sind so schön glibbrig!
Na, wie ist's mit dem Baden?
Hörst du? Baden wollen wir!
SPLAT!
ZOW!
ZING!
Die haben mich geschafft! Aber wenigstens einmal will ich in meinem Pool baden, und wenn es Krieg bedeutet!
DONALD DUCK
Eine zweite Front formiert sich…
Sehen Sie nur meine kleine Karin an! Sonnenbrand! Vom Baden bei Herrn Duck!

Und erst mein Franz! Er hat sich das Knie am Sprungbrett aufgeschlagen!
Dieser Swimmingpool ist eine Gefahr für die Gesundheit unserer Kinder!
Mein Bubi hat sich dort erkältet!
Hier hilft nur eins, meine Damen! Solidarität! Wir rücken gemeinsam diesem Herrn Duck auf die Bude!
Jetzt ist das Wasser wieder warm! Grad' recht zum Schwimmen!
Aufmachen, Sie Kinderschinder!
???
BAM! BAM! RAP! KNOCK!
Wieso haben Sie einen Swimmingpool?
Der ist eine Gefahr für unsere Kinder!
Wenn Sie sich so was zulegen, dann stellen Sie gefälligst einen Bademeister an!
Ich bin unten durch! Bei Mutter und Kind!

Aber egal! Ich spring' jetzt in mein Becken! Ohne Rücksicht auf die Folgen!
Bademeister! Die Damen haben ja einen Knall!
Bahn frei! Hier bin ich der Herr des Hauses!
Noch mehr Wasser ablassen, Elfriede! Für ein Planschbecken ist es immer noch zu tief!
Erfrischend, was?
Die Zeit vergeht! Tick, Trick und Track kommen aus den Ferien zurück...
Wie Onkel Donalds Garten wohl aussieht?
Wie wir abfuhren, hatte er grad' eine Eingebung. Weißt du noch?
Heiliger Bimbam!
Da hat er ja was Tolles ausgebrütet!
Tiefgarten!
Mit gekachelten Wänden!
Aber wozu Sprungbrett? Na egal! Wir stehen auf des Gartens Stufen und...
...sind bereit, hurra zu rufen, soweit sich's irgend machen läßt!
ENDE

WALT DISNEY presents
Donald Duck
Seltene Münzen
Onkel Donald, besitzt du irgendwelche seltenen Münzen?
Ich besitze leider überhaupt nur selten Münzen!
MÜNZ-KATALOG
Münzen sind bei mir so selten, daß ich mir neulich bei Onkel Dagobert einen Zehner pumpen mußte. Heut will er ihn einkassieren.
Wir meinen doch nicht gewöhnliches Geld, sondern Geld von früher, wertvolle alte Münzen.
ZEHNER 1800-1850
Alte Münzen! Bei mir gibt's keine alten Münzen! Bei mir ist Geld noch nie alt geworden.
Jede Minute kann Onkel Dagobert kommen! Ach, ich armes Würstchen! Ich weiß weder aus noch ein!
Wenn ich den Zehner nicht habe, reißt er mir den Kopf ab! Mindestens!
Hier steht, daß Leute alte Münzen oft in Sparbüchsen und Strümpfen oder einem Album haben.
Album?
MÜNZ-KATALOG

Habt ihr Album gesagt?
Ururgroßvaters Album! In dem hab' ich als Kind mal Münzen gesehen, wenn mich meine Erinnerung nicht trügt.
Na bitte! Sogar deren zwo! Sie sind zwar uralt und gelten nicht mehr…
Aber Onkel Dagobert merkt das in seiner Habsucht bestimmt nicht, auch wenn er seinen Zwicker aufhat!
Es klingelt! Da ist er schon!
Während Onkel Donald mit dem Zehner seine Schulden bezahlt…
…sehen wir uns den andern an!
Au ja!
Echt antik! Der müßte eigentlich in unserm Katalog abgebildet sein.
Meine Schulden bin ich los! Der hat den Zehner unbesehen genommen, der alte Raffzahn! Und nicht gemerkt, daß er nichts wert ist!
Nichts wert, sagst du? Im Katalog steht, daß er fünf Taler wert ist.
Was?

Man könnte ein Narr werden! So was muß einem doch gesagt werden!
Verlang den Zehner doch einfach zurück!
Onkel Dagobert rückt nichts mehr raus, was er einmal hat. Der nicht! Da beißt man auf Granit!
Dann mußt du ihn zurückkaufen.
Womit denn? Ich bin blank! Völlig! Davon rede ich doch die ganze Zeit.
Du kannst **den** hier doch verkaufen. Dann hast du fünf Taler.
Manchmal seid ihr wirklich schlauer als unsereins!
Nach dem Verkauf...
MÜNZEN
Fünf Taler! Wenn ich den andern zurückkaufe und auch abstoße, hab' ich neun neunzig! Ein Bombengeschäft!
NICKEL & NEPP MÜNZHÄNDLER
Aber ach...
So, so! Deinen Zehner willst du zurückkaufen! Darf ich fragen warum?
Weil... weil es eine Art von Glückszehner ist!
Er hat also Liebhaberwert?

Na ja, irgendwie schon! Ich geb' dir auch einen nagelneuen dafür!
Du bist naiv! Ich verlange einen Taler! Wohl noch nie was von Handelsspanne gehört, wie?
GRRRRR
Das ist Wucher! Aber da hast du ihn, du Halsabschneider!
Dein Zehner liegt da drin! Hast ja wohl Zeit, ihn zu suchen!
KLEIN-GELD-KELLER
Wird nicht ganz einfach sein! Ich hab' ein bißchen in meinem Geld gewühlt.
Nach vielen Stunden…
Eine Stecknadel im Heuschober ist nichts dagegen!
Oha, ein ganzes Einmachglas voller Zehner, und alle so alt wie meine zwei.
Vier davon kann ich mir sofort leisten. Moment mal… vier mal fünf sind zwanzig mal fünf sind hundert mal fünf… das muß ich schriftlich machen. Wegen der vielen Nullen!

Onkel Dagobert, kannst du mir noch vier von den Glückszehnern ablassen?
Wenn du vier Taler hast, jederzeit!
Jetzt weiß ich, wie die Banken aus wenig Geld viel machen!
DAGOBERT DUCK GROSSBANKIER
Vier Glückszehner? Dazu gehört schon eine große Portion Aberglaube!
Ich hab' zufällig noch vier alte Zehner gefunden!
Gratuliere!
AN- UND VERKAUF
Jetzt wieder zu Onkel Dagobert...
Und dann wieder zum Münzhändler...
Ich hätte noch mal zwanzig Zehner!
Im Ernst?
AN- UND VERKAUF
Vier Glückszehner lass' ich mir noch eingehen, aber zwanzig? Höchst merkwürdig!
Und wieder zurück zum Alten!
NICKEL & NEPP MÜNZHÄNDLER

Diesmal würde ich gern hundert Zehner kaufen, Onkel Dagobert!
Gerechter Himmel!
Bei jedem Handel erziele ich vierhundert Prozent Gewinn! Das soll mir erst mal einer nachmachen!
Hundert Glückszehner! Das geht über meinen Verstand!
Oder sollte der gute Donald auf Abwege geraten sein?
Sieh da, er rast die Straße entlang und schwenkt... aha!
MÜNZEN
NICKEL & NEPP
Veräußert der Junge seines Onkels Besitz zum eigenen Vorteil! Nicht unbegabt, aber reichlich keck! Das kann ich ihm nicht durchgehen lassen!
Soviel ich weiß, habe ich von diesen alten Zehnern noch größere Bestände auf Lager.

Erstaunlich, wie Sammler die Preise in die Höhe treiben, wenn Münzen rar geworden sind!
Und warum werden sie rar? Weil ich sie horte!
Hier zum Beispiel meine erste selbstverdiente Million! Ich kann sie heute noch nicht ohne Rührung betrachten!
Seltene Münzen sind bei mir nicht selten! Ich besitze sie in Gold, Silber, Nickel und schlichtem Kupfer.
Und von den angeblichen Glückszehnern hab' ich auch noch einen ganzen Sack voll.
Donald ahnt nicht, daß sein Geschäftsgebahren durchschaut worden ist…
Und wieder zurück zu Onkel Dagobert!
Ich hätte gern fünfhundert…
Sachte, mein Junge! Mir liegt es mehr, Geschäfte im großen Stil zu machen.
Ich verkaufe dir zehntausend Stück auf Kredit. Abrechnen können wir später.

10 000 x 5 = 50 000!
Onkel Dagobert, dein Vertrauen ehrt mich. Du bist edel, hilfreich und gut.
Ich hab' ihn falsch eingeschätzt. Unter seiner rauhen Schale ist ein sehr, sehr weicher Kern.
Diesmal bringe ich Ihnen zehntausend Zehner.
Was?
Sie haben wohl ein ganzes Nest gefunden? Das ist schlecht.
Wieso das denn?
Mein guter Mann, seltene Münzen sind nur seltene Münzen, wenn sie selten sind!
Ihre zehntausend bringen den ganzen Markt durcheinander. Vergraben Sie die Dinger! Sofort!
Schluck!
Ich habe das Gefühl, als hätt' ich die Katze im Sack gekauft.
Aber ich weiß, wer mich da reingeritten hat!

So kommt es zu einer wilden Hetzjagd...
Mann, hat der Alte eine Wut im Bauch!
Warum bloß?
Das kann ich mir schon denken. Heut früh war er Onkel Dagobert nur einen Zehner schuldig. Jetzt schuldet er ihm zehntausend Taler. Das ist schon ziemlich happig.
Später...
Sind wir wirklich schuld?
Tja, wir hätten ihm vielleicht nichts von seltenen Münzen erzählen sollen, solange wir selbst nicht viel davon verstehen.
Jetzt ist er bis über die Ohren verschuldet. Was machen wir da?
Weiß ich doch nicht!
Wir könnten uns ja noch mal den Münzkatalog ansehen!
Hier sind die alten Zehner! Oh, da steht ja noch was Kleingedrucktes!
AHA!
Was macht ihr mit meinen Zehnern?
Wir suchen einen, bei dem der Adler verkehrt rum geprägt ist.
Der wär' zwanzigtausend Taler wert.

Auch anderswo informiert man sich…
Ich muß mich doch mal etwas intensiver mit alten Münzen befassen!
MÜNZ-KATALOG
Hm, hier steht was von den Zehnern, von denen ich Donald zehntausend Stück aufgehalst habe! Kicher!
Kreisch!
Kaum graut der Morgen…
Ich muß meine Zehner wiederhaben. Daß ein Versager wie Donald auf meine Kosten ein Vermögen macht… kaum auszudenken!
KA-RASH!
NICKEL & NEPP
MÜNZHÄNDLER
Hast du etwa…?
Ja, ich hab' ein Exemplar sehr günstig verkaufen können.
Das verstößt gegen Treu und Glauben, gegen Anstand und Sitte, gegen…
Augen auf, Brüder! Vielleicht ist ein Fehldruck unter den Scheinen. Das wär' dann noch mal ein Volltreffer!
ENDE

Walt Disney presents
Donald Duck
Himmel-hoch jauchzend, zu Tode betrübt
Ich kann dir nur sagen, mein lieber Donald, ich bin ein Schoßkind des Glücks!
Und ich kann dir nur sagen, mein lieber Gustav, daß mir deine Angeberei kreuzweise zum Halse heraushängt.
Wenn ich zum Beispiel eine neue Uhr brauche, hab' ich's nicht nötig, auch nur einen Finger zu rühren.
Du hast noch nie in deinem Leben einen Finger gerührt!
AUSVERKAUF
Ich würde nur lässig in die Gegend blicken und sofort eine finden.
Na bitte! Da ist sie schon!
Ich seh' sie auch!
Wer zuerst da ist, kriegt sie!
Oh, Verzeihung!
SPLAT
Ich hab' sie! Du siehst, ich bin ein unschlagbarer Glückspilz.

Das kommt dir nur so vor, weil ich so ein krasser Pechvogel bin.
Mein Glück hat mit dir nichts zu schaffen!
Ich habe immer Glück!
Warte nur, wenn sich dein Glück eines Tages wendet! Dann kommt das große Heulen und Zähneklappern!
Mein Glück wird sich nie wenden, höchstens zum Besseren!
BONG
Wie freundlich, daß Sie meine Vase aufgefangen haben! Darf ich Ihnen zum Dank fünf Taler geben?
Na, was sagst du nun?
Ich geb's auf!
Heut morgen ist mir die Zunge in den Rührfix gekommen, gestern abend ist mir das Seifenpulver in die Rühreier gefallen und vorgestern... na ja!
Es gibt auf dieser Welt Glückskinder und Unglückswürmer. Und ich bin eben ein Unglückswurm.
Der arme Onkel Donald hat wieder seine Depression!
Der hat bestimmt Onkel Gustav getroffen. Da geht er hinterher immer am Stock!

Lebt wohl, Kinder! Lebt ewig wohl! Ich ziehe mich von der Welt zurück. In die Besenkammer!
Ich komme mit dem Leben nicht zurecht, weil ich unter einem Unstern geboren bin.
Aber, Onkel Donald, du darfst dich nur nicht mit Onkel Gustav vergleichen.
Neben dem kommt sich jeder klein und häßlich vor.
Geht endlich und laßt mich mein Elend genießen!
Diesmal hat's ihn aber schwer erwischt!
Der wird doch nicht jahrelang in der Besenkammer bleiben?
So was soll schon vorgekommen sein.
Bei uns nicht! Wir müssen ihm wieder Mut machen.
Ich weiß! Wir überreden ihn, auf den Golfplatz zu gehen.
Golf spielt er liebend gern.
Nur daß er dabei auch immer Pech hat!
Das werden wir verhindern!
Notfalls mit Gewalt! Der Zweck heiligt die Mittel.
Gutes Zureden hilft, auch bei Donald...
Aber nur euch zuliebe! Wenn mir auch nur ein einziger Schlag danebengelingt, ziehe ich mich wieder in meine Besenkammer zurück.

Nun fang schon an, Onkel Donald!
Wir gehen vor zum Grün und beobachten deinen Ball.
Mit Adler-blicken!
Jeder Schlag ein Treffer, Leute!
Ehren-sache!
Ja, wen seh' ich denn da? Wer steht da so trutzig mit dem Schläger in der Hand? Mein unseliger Vetter Donald!
Mit dir mach' ich kein Match!
Weil ich gewinnen würde, du alter Neidhammel, du! Stimmt's?
Nicht deswegen! Aber ich halte dein Glück einfach nicht aus und mein Pech erst recht nicht.
Spricht da jemand von „Pech"? Das ist genau das, was mich interessiert.
Spiel ruhig mit ihm, Onkel Donald!
Mal muß deine Pech-strähne ja aufhören.
Wir sorgen schon dafür.

Gut, gehen wir ein paar Löcher ab! Aber es ist nicht fair, daß ein Glückspilz einen Pechvogel herausfordert.
Aus bestimmten Gründen interessiert mich Ihr Spiel, meine Herren. Darf ich zuschauen?
Jederzeit! Je mehr Zuschauer, desto besser bin ich!
Der erste Schlag soll deiner sein! Hinterher zeige ich dir dann, wie du es hättest machen müssen.
BLAM!
Der Ball geht ins Aus, Tick! Wir müssen eingreifen.
Nein, er ist am Panzer einer Schildkröte abgeprallt und fliegt zurück aufs Grün.
Er rollt zum Loch... er... das gibt's doch nicht... er ist drin!
1
PLOP!

Mit einem Schlag eingelocht! Mir bleibt die Spucke weg!
Der angebliche Pechvogel locht mit einem Schlag ein. Das muß ich mir notieren.
Im Loch!
Und ohne jede...
...Mogelei!
Zufallstreffer, Donald! So was kommt vor. Deshalb brauchst du keine Freudentänze aufzuführen.
Ich zeige dir, wie man den Ball in vorbildlicher Haltung angeht.
WHOOSH!
BONG!
CRACK!
Der angebliche Glückspilz wird vom eigenen Ball schwer getroffen, worauf dieser auf dem Schornstein landet. Das muß ich mir notieren.

Ist mein Ball wirklich da oben?
Wo sonst, Gustav? Es war ein Meisterschuß! Ha! Ha!
GOLF-KLUB
Das ist das erste Mal in meinem Leben, daß mich mein Glück im Stich gelassen hat.
Mistball!
Marsch ins Loch mit dir, oder ich kenne mich nicht mehr!
SA-WISH
Der Ball rollt in die Regenrinne. Das muß ich mir notieren.
Notieren Sie lieber, daß das Schoßkind des Glücks kopfüber in den Schornstein fällt!
Du bist wohl heut nicht in Form, Onkel Gustav!
Er ist eben unter die Schornsteinfeger gegangen. Das bedeutet Glück. Aber nur für andere! Ha! Ha!

Er kommt nicht, der Ball! Ob er eingeklemmt ist?
RÜTTEL!
RÜTTEL!
SCHÜTTEL!
GLUNK!
Golfer verschluckt eigenen Ball!
Das muß ich mir notieren.
Komm her! Dann zeig' ich dir, wie man einen Ball in vorbildlicher Haltung einlocht.
Werd hier bloß nicht frech.
Schlechte Laune, was? Bist es nicht gewöhnt, vom Unglück heimgesucht zu werden!
Vom Unglück heimgesucht? Das ist bei mir nicht drin. Mich muß jemand verhext haben.
Und ich weiß auch, wer das ist! Der Typ da mit der dunklen Hornbrille, der die ganze Zeit hier rumlungert!

Scheren Sie sich weg, oder ich mache Ihnen Beine!
Laß den Herrn zufrieden! Wenn er dir Unglück bringt, steht er unter meinem Schutz.
Aus dem Weg, oder…!
Nur über meine Leiche!
Du weißt, ich stoß' dich mit einem Schlag aus dem Anzug. Also hau ab!
BLAM!
ZOW!
Golfer schlägt sich mit der eigenen Rechten k. o.! Das müssen Sie sich notieren.
So, das genügt! Das wird ein Knüller! Ich muß gleich meine Zeitung anrufen.
Hast du das gehört, Gustav? Der Herr ist Sportreporter und will über unser Golfmatch berichten.

Von mir wird er berichten, daß ich mit einem Schlag eingelocht habe, und von dir...
Soviel Unglück auf einmal gibt's nicht! Nicht bei mir! Das muß einen Grund haben.
Meine Pechsträhne ist eben vorbei. Das ist der Grund.
Und du wolltest dich schon in der Besenkammer einschließen, Onkel Donald!
Sie bringen Geld, Herr Reporter?
Und so irre viel?
Für Herrn Gustav Gans! Er hat unsern Preis gewonnen, der Glückliche!
?
Der? Einen Preis?
Ja! Unser Blatt vergibt heute für den am meisten vom Pech verfolgten Golfer einen Preis von einhundert Talern.
Donald ist verstört, doch nicht nur er...
Mach auf, Onkel Donald!
Wir sind's nur!
Laßt mich! Ich komm' hier nicht raus. Nie wieder!
Verlangen wir auch gar nicht!
Nur aufmachen sollst du!
Wir wollen auch rein!
ENDE

Walt Disney presents
Donald Duck
Tschüs, Onkel Donald!
Wir gehen jetzt in den Wald!
Zum Mühlenteich!
Orden und Ehrenzeichen
Ausgeschlossen! Ihr bleibt hier. Ihr seid noch zu klein, um allein im Wald rumzustrolchen.
Wir müssen aber!
Wegen unserer Pfadfinderabzeichen!
Tick will's im Bogenschießen machen. Dazu muß er Pfeil und Bogen schnitzen.
Schußwaffen für Kinder? Unmöglich!
Und Trick will's im Paddeln machen. Dazu muß er ein Paddelboot bauen.
Wasser hat keine Balken. Du ertrinkst!
Eben nicht! Denn ich bin ja da und mach' mein Abzeichen im Rettungsschwimmen.
Als Familienvorstand sitzt man dauernd wie auf einem Vulkan. Ich komme lieber mit.

Wir brauchen kein Kindermädchen! Wir vom Fähnlein Fieselschweif haben gelernt, selbst auf uns aufzupassen.
Hochtrabende Worte!
Außerdem kommt unser Oberstwaldmeister, um die Prüfung abzunehmen. Den können wir nicht hängenlassen.
Oberst und Waldmeister! Dienstgrade habt ihr in eurem Verein!
Wir sind da!
Ich such' gleich eine Rute für den Bogen!
Und ich Birkenrinde für mein Kanu!
Liegt euch wirklich was an diesen Orden und Ehrenzeichen?
Natürlich!
Dann will ich euch helfen. Ich war ja schließlich auch mal bei den Pfadfindern.
Wohl beim Fähnlein Faselkopf?
Ich verbitte mir solche Frechheiten! Ein für allemal!
Oh!
Komm, ich zeige dir, wie man einen Bogen macht. Später helfe ich Trick bei seinem Kanu.

Laß Tick und Trick zufrieden! Es ist gegen unsere Regeln, sich helfen zu lassen!
Spring lieber ins Wasser! Dann kann ich Rettungsschwimmen üben.
Ins Wasser springen? Nein danke, das liegt mir nicht!
Hier wär' eine geeignete Rute für Tick. Elastisch wie Gummi!
Sie muß hart sein wie Stahl!
Wenn du alles besser weißt, mach' ich mir selber einen Bogen.
Da, ich bin schon fertig und du suchst immer noch verzweifelt nach einem Stecken aus Stahl.
Ich weiß schon, was ich will!
Inzwischen hab' ich schon den Pfeil geschnitzt.
Ist ja enorm!

Na, Trick, wie weit bist du mit deinem Paddelboot?
Die Verbindungen sind ja vorsintflutlich! Dazu nimmt man heute Schrauben.
Wir vom Fähnlein Fieselschweif nehmen dazu Rindenbast!
Meinetwegen kannst du Spinnweben nehmen. Ist mir doch Wurscht!
Ich werde dir zeigen, wie wir zu meiner Zeit ein Paddelboot gebaut haben.
Man nehme einen alten Baumstamm, haue das morsche Innere heraus...
...und verstopfe etwaige Löcher mit Lehm!
Und fertig ist der klassische Einbaum unserer Väter!
Und wer ihn benutzt, versammelt sich mit ihnen in den ewigen Jagdgründen.
Das ist der Dank!

Komm, Onkel Donald! Probier deinen Einbaum aus, dann rette ich dich!
Das ist eine Beleidigung! Du kannst nicht erwarten, daß ich auf dein Ansinnen eingehe.
Na, wie geht's deinem Bogen, Tick?
Danke, gut!
Was ist das für ein Zeug, das du als Sehne genommen hast?
Gedrehter Birkenbast!
Ha! Ha! Zu unserer Zeit hat man Bindfaden genommen.
Das ist sicher besser, aber wir wollen ja lernen, ohne gekaufte Sachen auszukommen.
Das ist auch so eine Frechheit. Ich habe es genau bemerkt. Du willst damit andeuten, daß wir uns nicht zu helfen gewußt hätten.
Bitte, Onkel Donald! Wir vom Fähnlein Fieselschweif wissen genau, wie wir's machen müssen, daß wir unsere Abzeichen bekommen.
Gut! Gut! Aber wenn ihr euer Lametta nicht gewinnt, dann will ich keine Vorwürfe hören! Verstanden?

Endlich sind Bogen und Kanu fertig, und man geht zum Teich, um mit Track gemeinsam Rettungs-schwimmen zu üben...
Ich schaue zu, auch wenn die Kinder keinen Wert darauf zu legen scheinen.
Aha, das ist sicher der Obermotz! Na, ich bin gespannt.
Keiner hat ihn kommen sehen, da habe ich Gelegenheit, ihm...
...meine Meisterwerke unterzu-schieben. Dann wird man ja sehen!
Den Murks von den Kindern versteck' ich hinter den Büschen. Damit ist nun wirklich kein Staat zu machen.
Guten Tag! Ich bin Oberstwald-meister Eisenbeiß, Kommandeur des Pfadfinderstandorts Entenhausen!
Sehr erfreut! Donald Duck! Titel ist nicht!
Meine Neffen sind nicht da. Aber ich kann Ihnen gern zeigen, was sie zusammengebastelt haben.
Das ist der Bogen von Tick!
Hm!
Donalds Bogen!

Hmm!
Und das ist das Kanu von Trick!
Beides entspricht in der Ausführung nicht der Güteklasse unserer weltumspannenden Jugendorganisation!
Was?
Die Abzeichen haben sie sich verscherzt, und eigentlich ist auch eine Disziplinarstrafe fällig!
Ehe Sie zu einer Strafe schreiten, müßten Sie die Sachen wenigstens ausprobieren.
Wenn Sie darauf bestehen! Bitte!
Zuerst also das Paddelboot!
Es ist nicht zu steuern, leckt wie ein Loch...
...und stabil ist es auch nicht.
CRACK!

Hilfe! Ich kann nicht schwimmen, ich hab' einen Wadenkrampf!
Moment! Da vorn ist ein Seil!
Ich schieße es Ihnen mit mei... äh, ich meine mit Tricks Bogen rüber!
THUNK!
Das war nichts! Ich werde leider selber ins Wasser springen müssen.
HILFE! HILFE!
Einer von uns macht was falsch! Sie ziehen mich in die Tiefe!
Hilfe! Hilfe!
Onkel Donald und unser Kommandeur!
Sie sind am Ertrinken!
Hilfe!

Ich schiebe ihnen ein Rettungsfloß entgegen.
Und ich schieße ihnen eine Rettungsleine zu!
Ich paddle mit meinem Kanu hin!
Halt dich am Floß fest, Onkel Donald! Ich kümmere mich um unseren Oberstwaldmeister.
Wo ist denn mein Kanu?
Und mein Bogen?
Ich hab' sie hinter die Büsche gelegt. Macht schnell! Ich kann mich nicht mehr halten.
Man merkt, Herr Duck, daß Sie in Ihrer Jugend kein Pfadfinder gewesen sind.
Track bringt das hohe Tier mit seinem Kanu an Land, aber…
Onkel Donald ist zum Mühlgraben getrieben worden. Der hat nichts zu lachen!
Hilfe!
Jetzt hat ihn der Strudel in den Klauen!

Wenn wir ihm nur eine Rettungsleine zuschießen könnten!
Bitte, Herr Oberstwaldmeister, mein Bogen!
Ein vorzügliches Sportgerät, mein lieber Tick! Hart wie Stahl!
THUNK!
Noch nie haben sich Mitglieder unseres Fähnleins so bewährt wie ihr drei!
Daher...
Wir haben unsere Abzeichen gekriegt, Onkel Donald!
Wir sind sogar befördert worden.
Zu 10-Sterne-Fieslingen!
Übrigens... was für einen Rang hast du eigentlich bei den Pfadfindern gehabt?
Brumm! Das geht euch gar nichts an!
ENDE

WALT DISNEY presents
GRANDMA DUCK
Oma Duck und der Einbrecher
Was ist denn, Frau Großmutter?
Komm, Franz, du mußt mir helfen, die Bodenkammer einmal gründlich zu entrümpeln!
Ich will in der Bodenkammer ein Gästezimmer einrichten.
So? Kommt wohl wer zu Besuch?
Ja! Daisy hat geschrieben, daß sie für ein paar Tage kommen will.
Aber jetzt frag nicht soviel, sondern hilf mir lieber!
Da, der alte Koffer muß weg! Am besten auf den Futterboden!
Na ja!

Wie soll ich den denn anfassen?
Du tötest mir den Nerv, Franz! Stell dich nicht so an, sonst mach' ich die Arbeit allein.
Auweia, da wackelt die Wand! Da ist was los!
Ein Erdbeben, Jacki!
WELT-HÖLZER
THUMP!
Nein, wir ziehen um.
Sei aber vorsichtig, wenn du die Treppe hinuntergehst, Franz!
Ich bin immer vorsichtig, Frau Großmutter.
BAM!
Da! Ich hab's ja gewußt!
SPLAT
Das war vielleicht ein Schreck!
Wer weiß, was noch auf uns zukommt!
WELT-HÖLZER
Hallo, Franz! Im Schuppen steht doch das alte Bettgestell. Das bring in die Bodenkammer!
Mach' ich!
Hier bei den Kühen mag ich nicht wohnen.
Ich auch nicht! Da riecht's so nach Stall.

Später...
Ich finde, es ist sehr gemütlich geworden. Daisy wird es sicher gefallen.
TRAUTES HEIM!
Da kommt sie schon ange-schwänzelt!
So spricht man nicht von einer jungen Dame, Franz!
Tag, Daisy-Kind! Ich freu' mich, daß du da bist.
Und ich erst, Omalein!
Ich hab' auch eine Über-raschung: ein neues Gäste-zimmer. Extra für dich eingerichtet!
Ach, wie goldig! Laß sehen!
Aha!
Deshalb sind wir also rausgeschmissen worden.
Seufz!
Dabei wär' Platz genug für alle drei.
Eben nicht! Wenn Daisy eine Maus sieht, fällt sie in Ohn-macht.
Umso besser! Da können wir sie leicht weg-graulen.
Eben nicht, Karli!

Das will Omi nicht. Wir sollen Daisy nicht erschrecken!
Dann müssen wir eben auf dem Futterboden wohnen.
KNOCK! KNOCK!
Einen Augenblick, Daisy! Es ist jemand an der Haustür.
Haben Sie einen Augenblick Zeit, meine Dame?
Nein, das hab' ich nicht!
Na, na, na, na!
Dann einen halben Augenblick! Ich will Ihnen nur meinen Staubsauger vorführen.
Ich brauch' so was nicht! Elektrische Geräte machen nur Krach und gehen alle naselang kaputt. Mir genügt mein guter alter Besen.
Leben Sie wohl. Da hat der Zimmermann das Loch gelassen!
Ich gehe...
...aber erst, wenn ich will! Damit Sie's wissen!
SLAM!
Na, hören Sie mal!
Was fällt Ihnen denn ein?
Regen Sie sich ab, meine Damen! Ich bin kein gewöhnlicher Vertreter, und das ist kein gewöhnlicher Staubsauger!

Der Griff besteht aus einer Knarre.
Das ist ja lieblich!
Falls Sie es noch nicht kapiert haben, das ist ein Raubüberfall!
Sonst noch was?
Hast du gehört, Jacki? Ein Räuber!
Ja, schrecklich!
PFIFF!
Wenn sie pfeift, pressiert's!
Was gibt's, Frau Großmutter?
Ein Einbrecher! Wirf ihn hinaus!
Wird besorgt, Frau Großmutter.
Har! Har!
Paß nur auf, wie der Franz den rauspfeffert!
Wer weiß?
BOP!
BAM!

Der arme Franz! Ganz und gar verschnürt!
Wie ein Rollschinken!
So, Herrschaften, und jetzt bitte keine Unterbrechung mehr, sonst werde ich ungemütlich!
Na, meinetwegen! Wir ergeben uns.
Halt! Das Silber dürfen Sie nicht mitnehmen!
Was heißt hier dürfen? Har! Har!
Und die hübschen Abendtäschchen lass' ich auch mitgehen! Wer weiß, wozu man sie mal gebrauchen kann.
Oh, lä, lä, was ist denn da drin?
Nein!
ZUCKER
Das ist mein Gespartes! Für Weihnachtsgeschenke! Das geb' ich nicht her.
Pah, Geld ist Geld, und auf Geld bin ich scharf.
$ JINGLE JINGLE CLINK $
Wie der mit unserer Oma umspringt, ist gemein.
Ja, hundsgemein!
Wir müssen etwas tun. Auf der Stelle!
Was können wir zwei kleinen Mäuslein schon tun?

Frag nicht lang! Komm mit in die Speisekammer!
Na, weißt du! Mir ist der Appetit vergangen.
Tut mir leid, meine Damen, aber es muß sein. Ich kann es nicht riskieren, daß ihr zum Telefon stürzt, wenn ich ins andere Zimmer gehe.
Das sag' ich meinem Vetter Donald!
Und ich sag's der Polizei!
Har! Har!
Bis ihr euch aufgewickelt habt, bin ich längst über alle Berge.
Ich hab' jetzt ja genug Bargeld für eine „Erholungsreise" nach Südamerika!
RUTSCH!
HUCH!
BONK!
Schnell, Karli! Fesseln, ehe er erwacht.
Klar!

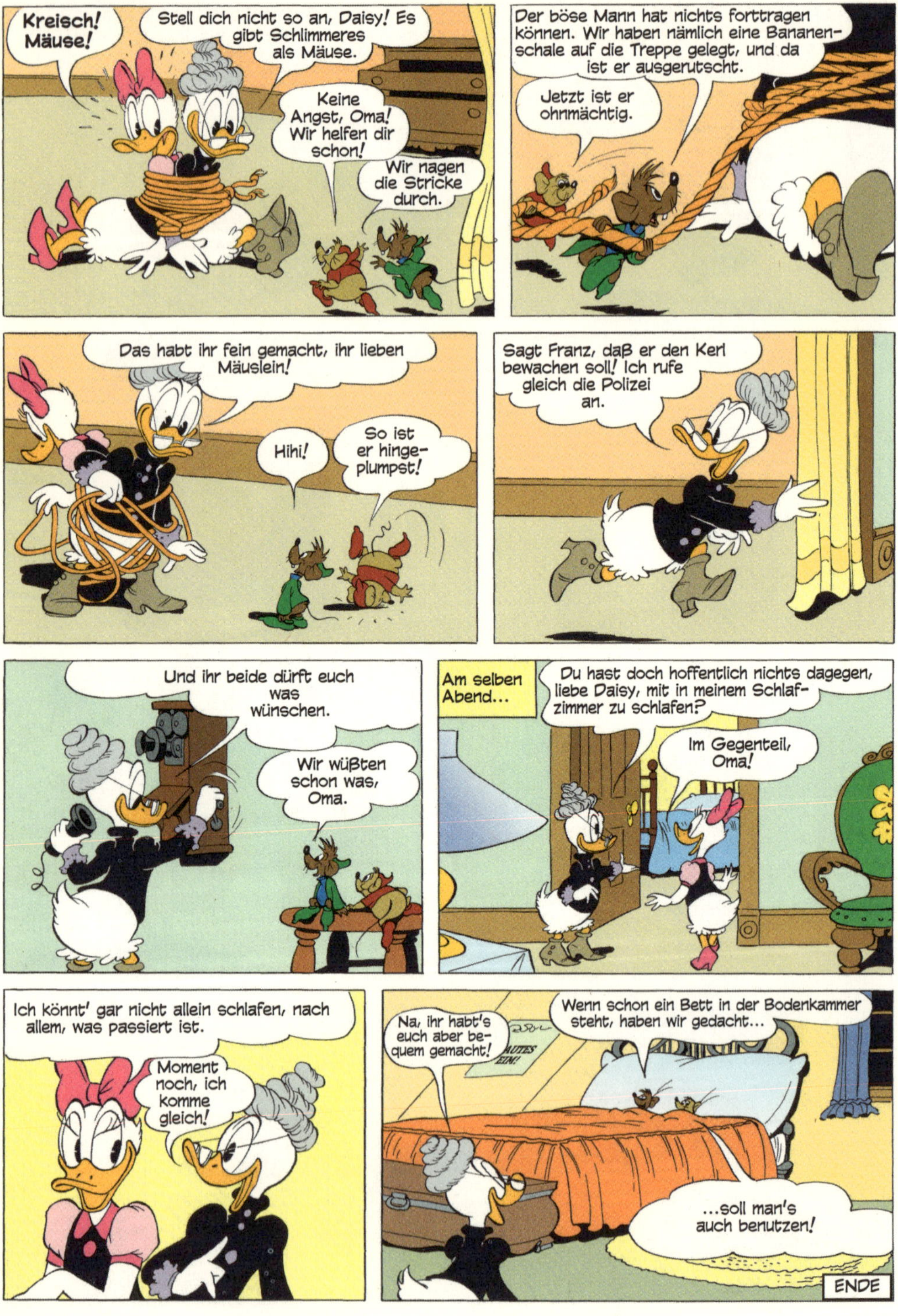
Kreisch! Mäuse!
Stell dich nicht so an, Daisy! Es gibt Schlimmeres als Mäuse.
Keine Angst, Oma! Wir helfen dir schon!
Wir nagen die Stricke durch.
Der böse Mann hat nichts forttragen können. Wir haben nämlich eine Bananenschale auf die Treppe gelegt, und da ist er ausgerutscht.
Jetzt ist er ohnmächtig.
Das habt ihr fein gemacht, ihr lieben Mäuslein!
Hihi!
So ist er hingeplumpst!
Sagt Franz, daß er den Kerl bewachen soll! Ich rufe gleich die Polizei an.
Und ihr beide dürft euch was wünschen.
Wir wüßten schon was, Oma.
Am selben Abend…
Du hast doch hoffentlich nichts dagegen, liebe Daisy, mit in meinem Schlafzimmer zu schlafen?
Im Gegenteil, Oma!
Ich könnt' gar nicht allein schlafen, nach allem, was passiert ist.
Moment noch, ich komme gleich!
Na, ihr habt's euch aber bequem gemacht!
Wenn schon ein Bett in der Bodenkammer steht, haben wir gedacht…
…soll man's auch benutzen!
ENDE

Walt Disney presents
Donald Duck
Die Schulschwänzer
Marsch in die Schule und wehe, wenn ihr e einmal zu sc
Puh, Schule find' ich ekelhaft!
Ich auch. Lieber richtig ausschlafen und nachmittags schwimmen gehen.
Jawohl!
Immer derselbe Unsinn. Kinder müssen in die Schule, um etwas zu lernen!
Wir brauchen nichts zu lernen!
Alles überflüssige Zeitverschwendung!
Bloß weil irgend so ein Trottel die Schulpflicht eingeführt hat.
Diese scheinheiligen Greise! Tun so, als seien Bücher wichtiger als Schwimmen und Angeln.
Wenn Onkel Donald nicht immer aufpassen tät' wie ein Schießhund, fiel's mir gar nicht ein, in die Schule zu gehen.
VOLKS-SCHULE
Mir auch nicht!
Mir auch nicht!
Ich tät' jeden Tag schwänzen und prima Sachen erleben.
Ich auch!
Ich auch!
Wenn's Onkel Donald nur nicht immer gleich merken tät' mit seinem Adlerblick!
Ja, der!
Der Alte!

Mach' ich, mach' ich, Herr Bottich. Komme gleich zu Ihnen.
Kinder, ich muß weg. Habe endlich eine feste Stellung in Bottichs Blecheimerfabrik. Abends bin ich wieder da.
Geht schön zur Schule, und benehmt euch anständig.
Kann ich mich darauf verlassen?
Aber, Onkel Donald!
Selbstredend!
Klar!
Er ist weg!
Unser pflichteifriges Adlerauge mit seinem Schulfimmel!
Wir brauchen heut nicht zur Schule gehen, wenn wir nicht wollen.
Du merkst auch alles! Natürlich schwänzen wir.
Solange er diese Arbeit hat, kann er nicht dauernd rumschnüffeln, wo wir sind.
Jeden Tag können wir schwänzen, wenn wir wollen.
Und heut wird gleich damit angefangen.
Bald darauf...
Also, was stellen wir jetzt zuerst an?
Raus aus der Stadt!
Jawohl, hinaus ins Grüne, wo es keine Schulräte und nicht einmal eine Schule gibt!

Los, hinunter zum Fluß! Da schwimmen wir und dann wird geangelt.
Au ja!
Und morgen gehen wir in die Wälder und suchen nach vergrabenen Schätzen.
Und übermorgen...
Uninteressant, meine Herren — seht mal, wer da aufkreuzt!
Onkel Donald mit seinem Laster voll Blecheimern!
Achtung, Deckung!
Oh Schreck laß nach! Bloß weg!
Ausgerechnet die Garage...
...für Schulomnibusse!
SCHULE
Mensch, und da hinten kommt unsere Lehrerin angelatscht! Das hat noch gefehlt!
COUNTRY
ÜBERLAND-VERKEHR
EXPRESS
Gerade erst haben wir ein bißchen Freiheit gekostet, und schon sind wir von allen Seiten eingekesselt!

Los, unter die Plane! Das ist unsere einzige Rettung.
HOP
Tom Mix muß ja auch immer mit den kitzligsten Situationen fertig werden.
Sei leis, du verrätst uns noch.
OU-2
Au Backe, der Laster fährt ab.
Los, raus — halt, es ist schon zu spät.
FUHRPARK
EIN-FAHRT
COUNTRY ÜBERLAND-VERKEHR EXPRESS
Wir sind gefangen. Müssen warten, bis der Fahrer hält.
Vielleicht fährt er ins Grüne?
Das würde ja wunderbar passen.
Später...
Aufgepasst, er fährt langsamer.
Vielleicht hält er bei einem großen Bauernhof.
COUNTRY ÜBERLAND-VERKEHR EXPRESS
Hast du Worte?
OU-2
VOLKSSCHULE BEZIRK 003
Hat der Kerl ausgerechnet Bücher für eine Dorfschule geladen!
So ein verfaulter Käse!
Spar dir deine geistreichen Reden, wir brauchen die Puste zum Laufen.

Wo sind wir eigentlich?
Kann nicht weit von zu Hause sein.
Stimmt auffallend! Seht mal, wer da kommt!
Onkel Donald mit seinen Blecheimern!
Versteckt euch im Zug, bevor er uns sieht.
Hier ist eine Tür offen.
Glück im Unglück!
Onkel Donald fährt vorbei.
Guten Morgen, Kinder. So früh hab' ich euch gar nicht erwartet.
Wetter auch, was ist das für ein komischer Eisenbahnwagen?
Ein Schulwagen. Er ist hier abgestellt für die Kinder der umliegenden kleinen Dörfer.
Du kriegst die Motten!
Halt, ihr könnt nicht gleich wieder davonlaufen. Ich muß euch erst eintragen.
Da sind Sie schiefgewickelt, Fräulein.
Wir können prima davonlaufen.

So ein verfaulter Kä...
Red nicht immer denselben Quatsch, Mensch!
Ich höre Flugzeuge.
Ich sehe sie sogar.
Mensch Meier, wie aufregend! Da ist ein Flughafen!
Hier bleiben wir den ganzen Tag und sehen zu.
Da lernt man was fürs Leben.
Kommt, hier schauen wir zu. Eins wird grad' startfertig gemacht.
Daß wir bloß nicht wieder reinfallen. Nachher gibt's noch Schulflugzeuge.
Eingeladen werden jedenfalls nur Werkzeuge.
Und Blecheimer.
Blecheimer?
Allerdings, und da ist auch Onkel Donald.
WERKZEUG
Wenn Sie noch mehr Bedarf an Blecheimern haben, brauchen Sie nur anzurufen. Bottichs Blecheimerfabrik.
Mach' ich schon.
!
!
!
WERKZEUG

Mann, die laden uns ins Flug-zeug.
Sei bloß still! Sonst hört uns Onkel Donald.
Sie machen zu. Sollen wir nicht lieber schreien?
Wart lieber noch ein bißchen!
CLICK!
WERKZ
Eine Sekunde zu lange gewartet — wir fliegen.
Hilfe! Hilfe!
Hilfe! Hilfe!
Schreien brauchst du nicht, die können uns doch nicht hören.
Wenn wir wenigstens wüßten, wo wir hinfliegen.
Sicher sind wir gleich in der Stratosphäre.
Mich friert's schon.
Ich hab' das Gefühl, jetzt fliegen wir langsamer.
Gefällt mir alles nicht.
Hoppla!
SPAM!
Gute Nacht, schöne Großmutter, jetzt ist's passiert!
Huch!

Kinder, Kinder, was man heutzutage so alles durchmacht!
Ja, und dabei passiert soviel und alles so schnell. Man kann gar nicht nachdenken.
CRASH!
Zum Glück sind die Werkzeuge in Holzwolle verpackt.
WERKZEUG
Wo sind wir? Wieder in einer Schule?
Quatsch! Wir sind mit dem Fallschirm an einer Baustelle im Gebirge abgesetzt worden.
HOCHGEBIRGS-STRASSENBAU-AMT
BÜRO
WERKZEUG
Glaubst du wirklich, wir sind endlich irgendwo, wo es keine Schulen und Lehrer gibt und nicht einmal Onkel Donald mit seinen Eimern auftaucht?
Halt' ich für möglich.
Keine Schule weit und breit. Wunderbare Gegend zum Schwänzen!
So, jetzt suchen wir uns erst einmal einen See zum Baden.
Irgendwo muß die neue Straße doch hinführen.
Klar wie Kloßbrühe! Wozu wird sie sonst gebaut?
VOLKSSCHULE
HÖCHST GELEGENE SCHULE DER WELT
Da hört
sich
alles auf!

Rette sich, wer kann.
Später...
Müde, hungrig und unsere Bündel mit dem Essen verloren.
Schreck-lich!
Jammert nicht. Hier ist die Straße wieder.
Sie führt zu einem großen Hotel.
Da können wir uns Würstchen kaufen.
Nein — lieber erst nachsehen, was für ein Haus das ist.
Angsthase! Man sieht doch, daß es keine Schule ist.
Da kehren nur Bergsteiger und Hochtouristen ein, Leute wie wir.
Kollegen, die uns bestimmt nichts tun.
RESTAURANT
Ich fühl' mich eben nirgends mehr sicher.
PÄDAGOGISCHE LEHRGÄNGE FÜR SCHULRÄTE

Am selben Nachmittag...
Was meine geehrten Neffen wohl machen? Schätze, sie haben wieder geschwänzt.
Da ich grad' in der Nähe der Schule bin, erkundige ich mich lieber einmal.
Aha!
So, ihr habt also wieder geschwänzt?
Ja,
Onkel
Donald!
Und für morgen habt ihr dasselbe vor, nicht wahr?
Nein,
Onkel
Donald!
VOLKS-SCHULE
So was ist
heut-zutage
zu schwie-rig.
CLOMP! CLOMP! CLOMP! CLOMP!
ENDE

Walt Disney
presents
Donald Duck
Der Selbstschuss
Oje! O weh!
Was soll ich tun? Was soll ich tun?
Mich faßt Verzweiflung! O Jammer und Not!
Vier Stunden durchmesse ich nun schon jammernd und klagend dein Büro! Darf ich jetzt mal ausruhen?
10 LITER
Du spinnst wohl! Wozu, denkst du, gebe ich dir dreißig Kreuzer in der Stunde?
Aber die Füße tun mir weh.
Sollen sie auch! Ich habe dich angestellt, damit du dir an meiner Stelle Sorgen machst. Marsch, an die Arbeit!
Seufz! Stöhn!

Oje, oje, ojemine! Die Sorgen! Die Sorgen!
Jammere gefälligst etwas phantasievoller!
Wenn ich schon mein gutes Geld dafür ausgebe, daß sich ein anderer für mich Sorgen macht, erwarte ich, daß er seufzt, stöhnt und sich die Haare rauft.
O Verzweiflung! O drohend Ungemach!
Schon besser! Für Sorgenmacher, die ihr Gewerbe im Sitzen ausüben, pflege ich zwanzig Kreuzer in der Stunde zu zahlen, aber für dreißig Kreuzer in der Stunde erwarte ich erstklassige Arbeit.
Später...
Onkel Dagobert, ich muß dich etwas fragen.
Bitte!
Du hast mir nicht gesagt, weshalb ich mir so furchtbare Sorgen machen soll.
Wa-as?
Wirklich nicht? Schockschwerenot, das hab' ich glatt vergessen.
Ich habe mir extra eine Aktennotiz darüber gemacht. Wo hab' ich sie bloß? Wo hab' ich sie bloß?
Vier Stunden teuren Lohn umsonst bezahlt... ganz umsonst!

KLOPF! KLOPF!
Donner und Doria! Was ist los? Ich wünsche, nicht gestört zu werden.
Herrrein!
Ich bin der Botenjunge.
Na und? Fast hätte ich deinetwegen einen Schuß verschwendet.
Was gibt es denn, junger Mann? Etwas Wichtiges?
Einen Brief vom Polizeipräsidenten!
Uff, auch das noch! Was will der schon wieder?
„Die Panzerknacker sind aus dem Gefängnis ausgebrochen. Äußerste Vorsicht ist geboten."
Ach, Donald! Jetzt fällt mir's wieder ein. Das war's ja, weshalb du dir Sorgen machen solltest.
GELDSORTEN
TELEGRAMM
Die Schurken sind hier in der Stadt. Sie haben gedroht, meinen Geldspeicher aufzuknacken. Zum Kuckuck! Fang sofort zu jammern an!

Weh mir! Weh mir Armem! Welch schrecklich Unheil dräuet mir! Verloren bin ich, ganz verloren!
Denk gleichzeitig darüber nach, wie man den Einbruch verhindern kann!
Ja, Onkel Dagobert! Ach, ach, so grauenvolle Untat ward noch nie begangen!
Wieviel Geld hast du denn in deinem Geldspeicher, Onkel Dagobert?
Woher soll ich das wissen? Ich brauche mindestens zehn Jahre, um es zu zählen.
3 cbm PAPIERGELD
Stell keine so albernen Fragen! Dafür wirst du nicht bezahlt. Mach dir gefälligst Sorgen wegen der Panzerknacker!
O weia, o weia! Die Panzerknacker! O Schrecken und Graus!
Ich hab's, Onkel Dagobert! Die Kanone ist unsere Rettung.
Kanone? Natürlich! Warum hab' ich nicht gleich daran gedacht!
1 SCHEFFEL GELD
Kommt nur, ihr Gauner! Versucht nur, meinen Geldspeicher aufzuknacken!

Wie steht's mit dem Pulver? Ist es vorhanden und trocken?
Ich denke doch!
Ich habe die Kanone schon geladen gekauft, gleich nach dem Krieg!
Nach welchem Krieg?
Nach dem Burenkrieg 1902 selbstverständlich! Frag nicht so entsetzlich töricht!
Ich mein' ja bloß. Na, jetzt wirst du wohl allein fertig. Ich geh' schlafen.
Mann, ich bin wirklich fix und fertig! So schwer ist mir das Geldverdienen selten geworden.
Ob das Pulver nicht doch schon ein bißchen zu alt ist?
Ich lade die Kanone lieber mit neuem Pulver, frisch vom Faß.
ARTILLERIE I.M. DER KÖNIGIN VIKTORIA VON ENGLAND
Wieviel braucht man wohl? Ich werde ausnahmsweise einmal nicht sparen.

Sehr viel später...
Wo bleiben sie nur? Nicht einmal auf Einbrecher kann man sich heutzutage mehr verlassen!
Noch später...
Es ist längst Mitternacht vorbei. Die Panzerknacker kommen und kommen nicht.
Ich kann nicht länger die Augen offenhalten. Ich brauche Ablösung.
RRRING!
Aber Onkel Dagobert, ich bin todmüde. Außerdem nehm' ich für Nachtjammerei Sondertarif, mindestens fünfzig Kreuzer in der Stunde.
Gut, gut, ich komme schon.
Bemanne die Kanone! Ich muß jetzt erst schlafen.
Was für eine Kanone?
Der wird mir ja eine gewaltige Hilfe sein!
Z Z Z Z Z
PLOP!

Wach auf! Geh auf deinen Posten! Die Panzerknacker können jeden Augenblick kommen.
Fang mit dem Jammern an! Denk dir was aus, daß wenigstens einer von uns wach bleibt!
Die Füße tun mir so weh!
Ogottogottogott! Ich armes Würstchen!
Schnorch! Schnorch!
Ich hab's! Mir ist was eingefallen!
Huch! Ach so... was denn?
Z Z Z Z Z Z Z
Wach auf! Wach auf! Was ist dir eben eingefallen?
Blubb, blubb, blubb! Ein Selbstschuß! Wir machen einen automatischen Abzug an die Kanone.
Von der Tür zum Abzug spannen wir eine Schnur. Jeder, der die Tür öffnet, löst den Schuß aus.
Donald, du bist ein Genie!

Deine geniale Erfindung gestattet mir, nach Hause zu gehen und noch ein paarmal rumzuschlafen.
Wieso dir?
Also, paß auf! Wenn die Tür geöffnet wird, spannt sich die Schnur...
...zieht den Arm in die Höhe, der ein Streichholz entzündet.
Das Streichholz seinerseits entflammt die Lunte... der Schuß löst sich... die Panzerknacker sind vernichtet.
Aber denk an die Tür! Du darfst sie nicht aufmachen.
DAGOBERT DUCK
Auf morgen also! Gute Nacht, Donald!
Halt, nicht so hastig! Du hast mir noch nicht mein Gehalt für die letzte halbe Stunde ausgezahlt.
So? Muß ich höchstens vergessen haben!

Fünfundzwanzig Kreuzer! So viel Geld pflege ich nicht mit mir herumzutragen. Warte hier! Ich hol's aus meinem Geldspeicher.
Z Z Z
Wie raffgierig die heutige Jugend ist! Hätte wirklich bis morgen warten können!
DAGOBERT DUCK
FIZZZ!
Huch!
SLAM!
BA-WOOM
CRASH!
DUCKSCHES BANKHAUS
O Schreck, laß nach!

Die Kanonenkugel trifft auf einen Stapel Schaumgummimatratzen in einer benachbarten Matratzenfabrik...
MOLLIGA-MATRATZEN
THOONK
MOLLIGA
Prallt ab und fliegt zurück...
ZOW!
Nanu? Was soll denn das?
ZZZ
ZZZ
CLANG!
Hilfe! Hilfe! Mein Geldspeicher ist geplatzt wie eine Papiertüte!
Du mit deiner genialen Idee!
Du hast sie selbst so genannt, Onkel Dagobert!
PANZERKNACKER AG
PANZERKNACKER
PANZERKNACKER AG
ENDE

Walt Disney presents
Donald Duck
Eingefrorenes Geld
Was ist denn das dort drüben für ein neues Gebäude,
Onkel
Donald?
Was wird's sein? Der neue Geldspeicher von Onkel Dagobert!
Verschandelt die ganze Gegend!
Das ist dem Alten doch Wurscht. Hauptsache ist ihm, daß sich kein Einbrecher ungesehen nähern kann.
Darum hat er auch rundherum alles abreißen lassen.
Übrigens ist das Ding aus Panzerstahl und dahinter feuerfeste Schamottesteine.
Na, dann kann ja nichts mehr passieren.
DONALD DUCK
Ja, Onkel Dagobert ist selig. Endlich braucht er keine Angst mehr um sein Geld zu haben.
Du, das Telefon läutet.

Ja, hier Donald... natürlich, Onkel Dagobert... ist uns ein zweiter Pfingstsonntag.
Wir sollen zu Onkel Dagobert kommen und seinen neuen Geldspeicher besichtigen.
Au fein!
Also, wir kommen, Onkel Dagobert! Was? Ja, wird gemacht... ich hoffe, ich habe alles behalten. Danke! Bis gleich!
Onkel Dagobert hat mir genaue Anweisungen gegeben, wie wir uns seiner Geldburg nähern sollen.
Wenn ihr am Fuße des Hügels seid, wartet bitte auf mich!
B & CO.
So, da wären wir! Stellt euch in einer Reihe auf, und haltet die Kartons hier hoch!
VORSICHT! FUSS-ANGELN!
Wozu soll das gut sein, Onkel Donald?
Daran erkennt uns Onkel Dagobert auf seinem Radarschirm.
FANG-EISEN
HALT!
So... jetzt die Kartons fallen lassen und mir folgen... aber genau in meinen Fußstapfen bleiben!
BISSIGER HUND!

Einundzwanzig Schritt nach rechts, dann dreizehn Schritt nach links!
RAUS!
ZUTRITT VERBOTEN!
Warum gehen wir denn im Zickzack?
Darum!
VORSICHT! TRETMINEN! LEBENSGEFAHR!
Nun müssen wir noch das Kennwort sagen, dann senkt sich die Zugbrücke für uns.
SCHWEFEL-SÄURE
„Wer den Pfennig nicht ehrt, ist des Talers nicht wert."
Er läßt sie runter.
Mann, da starrt ja alles nur so von Waffen!
FLIEGEN-FÄNGER
FLIEGEN-FÄNGER
FLIEGEN-FÄNGER

Na, wie gefällt es euch hier?
Bißchen einsam, wenn du mich fragst!
Pah! Hier ist genug los! Da! Automatische Alarmanlagen, magische Augen, mein treuer Fido und so weiter und so fort!
BONG BONG
SQUEAK
ARF! ARF!
Doch nun kommt mit hinauf, damit ich euch mein Geld zeigen kann!
Hier, bitte! Ist das nicht imponierend?
Davon könnte man einen Haufen Kaugummi kaufen!
Und was willst du mit dem ganzen Geld anfangen, wenn ich fragen darf?
Aufheben natürlich! Was sonst?
Aber davon hast du doch nichts. Hast du denn keine Lust, es für was Schönes auszugeben?
Ausgeben? Du spinnst wohl! Dann hab' ich es ja nicht mehr.
Und ich hab' es doch sooo gern!
Geld ist für mich ein wahrer Jungbrunnen! Es ist mir ein Hochgenuß, wie ein Seehund hineinzuspringen!

Und wie ein Maulwurf darin herumzuwühlen! Ihr wißt ja nicht, wie erfrischend das ist!
ROOT
SNORT
Donald, geh doch bitte mal zum Ausguck und sieh nach, ob auch niemand kommt!
Immer muß er einen rumkommandieren! Das kennt man ja!
PERISKOP
Großartiger Überblick von hier oben!
Oha!
Onkel Dagobert, komm schnell einmal her! Ich sehe was Verdächtiges.
?
Wenn ich mich nicht sehr irre, ist auf dem Nachbargrundstück die Panzerknacker-Bande.
Sie hacken und graben! O Jammer und Not!
176-84
PANZER-
KNACKER
AG

Weh mir, weh mir Armem! Das ist das Ende!
Aber du weißt doch noch gar nicht, ob sie es auf dein Geld abgesehen haben, Onkel Dagobert.
Wie sollten sie auch! Wo alles aus Panzerplatten und Schamottesteinen ist!
Ach, was wißt denn ihr! (Schluchz!) Das Dach und die Wände sind schon aus Panzerplatten und...
...Schamottesteinen, aber beim Fußboden... beim Fußboden hab' ich gespart.
Du mein Schreck!
Ich hab' den Speicher einfach auf den blanken Erdboden gestellt. Wenn sie einen Tunnel bauen... oje, oje, ojemine!
Schluchz!
Hör auf zu heulen! Mit Jammern ist hier nichts getan. Komm mit hinaus! Wir werden sie in die Flucht schlagen!
PERISKO
Jawohl, du hast recht. Wir werden kämpfen wie die Berserker.
500 Trillionen, 253 Billiarden, 675 Billionen, 123 Milliarden, 934 Millionen, 300 500 und 13 Kreuzer sind es wert, sich dafür zu schlagen, so wahr ich Dagobert Duck heiße!

O Schreck, das Minenfeld!
BOOM!
Und die Fallen!
Schnell zurück!
Wenn du meinst!
Das hab' ich in der Hitze des Gefechts ganz vergessen, Donald.
Meine Sicherheitsvorkehrungen sind alle so eingerichtet, daß man nicht mehr so schnell rauskommt, wenn man erst mal drin ist.
Müssen wir etwa auch hierbleiben?
Aber ja! Es dauert ungefähr eine Woche, bis ich die ganzen Schalter umgestellt habe.
Es muß aber was geschehen. Die Panzerknacker haben schon riesige Bagger herbeigeschafft.
Und wir sitzen hier fest. Ich könnte mir die Haare ausraufen!
Schöne Aussichten!

WELTMACHT GELD
Während wir hier eingeschlossen sind, zapfen die Panzerknacker munter dein Geld ab.
Mach mir nicht auch noch Vorwürfe! Denk lieber nach, was zu tun ist! Du hast doch sonst so viel Phantasie.
GELDUMLAUF
Wie wär's mit dressierten Flöhen, die sie so beißen, daß sie vor Jucken nicht zum Arbeiten kommen?
Denk gefälligst etwas schärfer nach!
Ich hab's! Wir füllen den ganzen Speicher voll Wasser.
Den Münzen schadet das nichts, aber den Panzerknackern. Wenn sie durch den Tunnel kommen, ertrinken sie wie die Ratten.
Donald, du bist ein Genie!
Bis zum Rand voll muß der Speicher sein. Wenn sie dann unten durchbrechen, spülen die Wassermassen sie glatt wieder ins Freie.

Am selben Abend...
Was sagst du zu den Wetternachrichten? Irre aufregend, was?
...starker Frost erwartet. Es wird empfohlen, Badeöfen zu entleeren, Wasserleitungen zu isolieren, Kühlwasser abzulassen und eine Extradecke auf die Betten zu legen.
RECHNUNGEN
BUCHFÜHRUNG
Kann man deinen Speicher heizen, Onkel Dagobert?
Nein! Ich habe nur einen Gasherd hier, aber der ist gesperrt, weil ich die Gasrechnung nicht bezahlt habe.
Es wird eine unvergeßlich kalte Nacht. Bäume splittern vor Kälte auseinander, Hydranten werden vom Eis gesprengt, Wasserrohre platzen...
BOING!
Auch durch die Schamottewände von Onkel Dagoberts Geldspeicher dringt die Kälte...
Ich gäb' wer weiß was, wenn wir trockenes Geld zum Verbrennen hätten!
CRACK
?
Was war das?
Das Wasser im Geldspeicher gefriert zu Eis und zersprengt die Wände.
Oje, o weh!

Und als der Morgen graut, ist Onkel Dagoberts Geldspeicher nur noch ein Haufen Trümmerschutt, und an seiner Stelle steht ein gigantischer Eiswürfel...
Vorsicht, er fängt an zu rutschen!
Nach und nach kriechen alle Mitglieder der Familie Duck unversehrt aus den Trümmern...
Weißt du, wo mein Geld ist, Donald?
Nein, wo denn?
Da, in dem Eisblock! Eingefroren! Und ohne schützende Hülle!
Du und deine Schnapsideen!
ENDE

Walt Disney presents
Donald Duck
Spielleidenschaft
Offen gestanden, Gustav, ich bin ziemlich knapp bei Kasse. Und grad' vor Weihnachten! Ich glaub', es langt nicht mal zu einem Weihnachtsbraten.
Du bist eben ein armes Würstchen, Donald!
Ich werde zu Weihnachten nicht nur einen gebratenen Truthahn essen, sondern deren mehrere. Denn ich bin ein Schoßkind des Glücks.
Was du zu Weihnachten ißt, ist mir völlig piepe.
Schau, ich bin auch völlig blank. Aber bis zum Fest…
He, Sie da!
Ja?
Immer wenn ich Weihnachten einen Herrn treffe, der oben Dauerwellen, in der Mitte eine Fliege und unten Hundedeckchen hat, schenk' ich ihm einen Taler.
Sooo?
Ja, das macht mir eben mehr Spaß, als wenn es ein Herr wäre, der oben eine Glatze, in der Mitte einen Schillerkragen und unten Filzlatschen trägt.
Was sagst du nun? Eben noch pleite, im nächsten Augenblick ein reicher Mann! Ich bin eben der „Glückliche Gustav"!
Halt an dich, Donald!

Dieser Taler ist das Anfangskapital für meinen Weihnachtsbraten. Alles Weitere findet sich.
Nanu? Wo ist mein Vetter Donald geblieben? Mein wohlverdientes Glück scheint ihm ärgerlich zu sein.
Gustav kommt zu seinem Festbraten, soviel ist klar. Aber ich und meine armen kleinen Neffen?
Ich werde meine Steuererklärung noch einmal überprüfen. Vielleicht ist da noch was rauszuholen.
Zehn Prozent von Zeile vierzehn, minus der Hälfte der beiden Summen aus Zeile elf und dreizehn, dividiert durch Wurzel aus sechzehn Prozent, multipliziert mit viermal Zeile zwölf...
Wie günstig! Da kommen plötzlich fünfzig Taler weniger raus.
Was ich an Steuern spare, reicht für mehr als einen Truthahn. Wie herrlich, wenn man so viel Geld hat!
Das heißt, eigentlich macht das Einkaufen dann schon gar keinen Spaß mehr.

Onkel Donald,
kannst du uns
nicht helfen?
Wir sollen Lose für die Weihnachtslotterie von unserer Schule verkaufen. Den ganzen Tag sind wir von Haus zu Haus gelaufen.
Aber bis jetzt sind wir erst ein Los losgeworden.
Bitte, Onkel Donald! Vielleicht gewinnst du! Der Treffer ist ein Truthahn, und wir haben doch noch keinen.
Ihr habt noch alle Lose bis auf eins?
Eigentlich ist das eine viel interessantere Methode, zu einem Truthahn zu kommen, als ihn schlicht im Laden zu kaufen.
Außerdem hab' ich noch nie in einer Lotterie gespielt... man muß eben alles einmal mitgemacht haben.
Also her mit den Losen! Wieviele sind es denn?
Neunundvierzig! Nur ein einziges Los ist in anderer Hand. Da muß ich ja gewinnen.
Schreib deinen Namen auf die Lose, und steck sie in den Kasten an unserer Schule! Morgen ist die Ziehung.

Am selben Abend...
So! Auf jedem Los steht mein Name. Neunundvierzig zu eins! Das nenn' ich eine reelle Chance!
Übrigens, Kinder, wißt ihr, wer das andere Los gekauft hat?
Doch!
Unser Onkel Gustav!
Gustav!
Hol die Hoffmannstropfen, Tick! Das war ein harter Schlag für Onkel Donald.
Später...
Neunundvierzig zu eins ist zu unsicher, wenn man einen Glückspilz wie Gustav zum Gegner hat. Was mach' ich nur? Was mach' ich nur?
Der Treffer wird von einem Schüler gezogen. Was soll ich nur tun, daß er nicht ausgerechnet das Los von Gustav erwischt?
Halt, ich hab's! Ich werde meine Lose mit einer Nadel durchlöchern, daß sie ganz rauh werden.
Am Morgen...
Eine anstrengende Nachtschicht, aber lohnend! Die Lose sind jetzt so rauh, daß sie einem förmlich in der Hand kleben bleiben.

Der große Augenblick naht…
Hier sind meine Lose.
Sehr wohl!
Franz Ferkel, der Klassensprecher, ist dazu ausersehen, den Treffer zu ziehen.
Halt, junger Freund! Mein Los fehlt noch.
FÄHNLEIN FIESELSCHWEIF ORDEN UND EHRENZEICHEN
Hach, der vielgeliebte Gustav! Na, diesmal wird er in die Röhre gucken müssen!
Nanu? Was soll denn das sein? Eine Kaktuskatze?
I wo, das ist Iwan, unser Stachelschwein-Maskottchen.
Beißt er?
SPLAT!
O nein, er schlägt nur gern aus.
Das Tierchen hat mein Los total durchlöchert. Na, vielleicht bedeutet das Glück. Haha, als wenn ich
das überhaupt nötig hätte!

Die Urne wird geschüttelt, der Treffer gezogen... wer gewinnt den Truthahn?
Gustav Gans!
Ich könnte mir ja immer noch einen Truthahn kaufen. Ich will aber nicht. Ich will ihn in der Lotterie gewinnen. Gustav muß auch mitspielen.
Immer kannst du nicht gewinnen. Das ist nicht normal.
Spielen kann eine Leidenschaft werden. Ich warne dich.
LOTTERIE ZUGUNSTEN VON OHRLOSEN OHREULEN!
HAUPTTREFFER EIN TRUTHAHN!
Spar dir deine guten Ratschläge!
Wieviel Lose haben Sie noch, meine Dame?
Alle! Hundert Stück! Niemand will ein Los kaufen. Anscheinend hat schon jeder einen Truthahn.
VERSUCHEN SIE IHR GLÜCK!
Verkaufen Sie dem Herrn da ein Los! Die andern nehm' ich.
HIER EINWERFEN!
Vielen Dank, die Herren! Die Ziehung ist heute Nachmittag. Ein Waisenmädchen wird sie vornehmen.
Wir kommen pünktlich.
Du bildest dir also ein, mit neunundneunzig zu eins kannst du gewinnen? Donald, du bist ein Optimist!
Laß mich zufrieden!

Diesmal werde ich nichts dem Zufall überlassen. Ich habe schon einen Plan.
DONALD DUCK
Ein Waisenmädchen wird die Ziehung vornehmen? Gut, dieses Waisenmädchen werde ich sein.
In alle meine Lose steck' ich eine Stecknadel.
Und in der Hand halte ich einen Magneten versteckt. Husch, husch... schon kommt das Los angeflattert.
Am Nachmittag...
Hier sind meine Lose, meine Dame! Mit Namen versehen! Also alles in Ordnung!
Werfen Sie sie in die Urne!
So... und jetzt verkleide ich mich.
Armer Onkel Donald!
Wenn man ihm nur helfen könnte!
Ha, mir fällt was ein!
Pst! Pst, pst!
Aber das ist doch Betrug?
Ach wo! Schummeln gegen einen Glückspilz wie Onkel Gustav ist Notwehr.

Dürfen wir dein Los einwerfen, Onkel Gustav?
Wir wollen nur aufpassen, daß du nicht schwindelst.
Tut, was ihr nicht lassen könnt! Im übrigen hab' ich es nicht nötig zu schwindeln.
Das hat
wunderbar
geklappt.
Das ist das Los von Herrn Gustav Gans.
Danke, Kinder!
Was hast du
damit gemacht?
Ich hab' auf allen Seiten Stecknadeln reingepikst.
Raffiniert, was? Das faßt keiner an.
Die Urne wird geschüttelt, das Waisenmädchen greift hinein. Leise klickt es am Magneten. Der Treffer wird gezogen...
Gustav Gans? Wie ist so was möglich?
Jetzt will Donald erst recht sein Glück versuchen...
Ich hab' noch Geld für ein drittes Mal: Es kann, kann, kann nicht sein, daß Gustav noch einmal gewinnt.

Später...
Du hast also deinen Truthahn jetzt doch käuflich erworben? Sehr vernünftig!
Quatsch! Der ist für meine Lotterie.
Ich verlose den Truthahn. Hast du Mut mitzumachen?
An Mut gebricht's mir nie.
Dann komm zu uns! Die Ziehung ist in einer Stunde. Hier ist dein Los.
Wirf dein Los in die Urne!
!
Was bringst du denn da angeschleppt?
Meine Lose!
2 SCHEFFEL
Tick, steig auf den Stuhl! Die erste Nummer, die du ziehst, gewinnt.
Nein! An mein Los kommt er ja gar nicht ran. Die Urne muß erst geschüttelt werden.
Keine Zeit! Die Ziehung hat schon begonnen.
Ich protestiere!
Protest abgelehnt! Das ist meine Lotterie. Da kann ich machen, was ich will. Los, Tick, zieh!

Aber ehe Tick noch ziehen kann, geschieht etwas Unvorhergesehenes...
Ein Erdbeben! Um Himmels willen, ein Erdbeben!
Schon vorbei! Tick, tu, was dein Onkel dir befohlen hat! Zieh das Los!
Hier, Onkel Donald! Welche Nummer?
Die Nummer? Ach ja, so, die Nummer! 17674!
Das ist meine Nummer. Ich lach' mich kaputt!
Fffffffft!
Doch man kann auch zuviel Glück haben...
Ich habe in der Lotterie drei Truthähne gewonnen. Können Sie die nicht für mich verkaufen?
Lieber Mann, ich werde nicht mal meine eigenen los. Alle Leute haben schon ihren Truthahn.
Donald und die Kinder kommen aber trotzdem zu ihrem Weihnachtsbraten. Daisy, die Gute, hat sie eingeladen...
Fröhliche Weihnachten, Donald! Warum so traurig?
Komm, Onkel Donald, schau aus dem Fenster! Da wirst du gleich lustiger werden.
Der glückliche Gustav!
Bitte, liebe Leute, heut ist doch Weihnachten, das Fest der Liebe! Nimmt mir denn niemand einen Truthahn ab?
ENDE

WALT DISNEY'S
Donald Duck
in
"A CHRISTMAS FOR SHACKTOWN"
Weihnachten für Kummersdorf
Überall singen die Kinder jetzt mit strahlenden Augen Weihnachtslieder und freuen sich auf den Heiligen Abend. Nur in Kummersdorf nicht! Dort ist die Armut zu groß, um Feste feiern zu können...
ZIMMER ZU VERMIETEN!
Wären wir bloß nicht nach Kummersdorf gegangen!
Man kriegt richtig ein schlechtes Gewissen.
Ja, weil's einem viel zu gut geht!
Ich wette, die Kinder hier kriegen nichts zu Weihnachten.
Kein Marzipan, keine Nüsse, keine Plätzchen, und Spielsachen schon gar nicht!
Wahrscheinlich nicht mal einen Christbaum!
Ich mag gar nicht mehr an Weihnachten denken!
Ich auch nicht!
Da ist man oft so unzufrieden, und dabei haben wir's so gut.

Sieh da, Tick, Trick und Track! Was macht ihr denn für traurige Gesichter?
So kurz vor Weihnachten freut man sich doch auf die Bescherung und all die guten Sachen, die es zu essen gibt.
Das ist ja das schlimme, Tante Daisy!
Wie soll man sich freuen, wenn es soviel Elend auf der Welt gibt?
Aber, Kinder!
Das verstehst du eben nicht, aber wir!
Wir sind nämlich grad' in Kummersdorf gewesen.
!
Ach darum! Ja, das ist ein richtiges Elendsviertel, wo lauter bedürftige Leute wohnen.
Und was können die armen Kinder dafür, daß ihre Eltern so arm sind?
Sie haben recht. Man ist oft so gedankenlos.
Hm... das wär' ein Fall für meinen Klub.
Geht nach Hause, Kinder, und macht euch keine Sorgen mehr! Für die Kinder von Kummersdorf wird gesorgt werden.

Alle Jahre wieder schlägt sich Donald vor Weihnachten mit demselben Problem herum...
Wie soll ich den Kindern was Schönes zu Weihnachten schenken, wenn ich nur fünf Taler mein eigen nenne?
PREISLISTE
Kein Zahltag in Aussicht bis zum nächsten Jahr und keine Menschenseele, die mir was pumpt!
Eine Gans müßte ich auch noch besorgen und Weihnachtsplätzchen und so.
Und was mich am meisten wurmt, ich weiß, daß die Kinder für mein Weihnachtsgeschenk fünf Taler gespart haben.
Wie schön könnten solche Feiertage sein, wenn das liebe Geld nicht wär'!
?
KNOCK! KNOCK!
Guten Tag, lieber Donald! Ich komme mit meinen Weihnachtssorgen zu dir, weil ich weiß, daß du keine Sorgen dieser Art hast.
So! Denkst du!
Mein Klub braucht dringend fünfzig Taler.
In Scheinen oder Münzen? Oder halb und halb?

Ich will die fünfzig Taler doch nicht von dir haben, jedenfalls nicht die ganze Summe.
Das beruhigt mich!
Meine Klubfreundinnen und ich wollen nämlich zu Weihnachten die Kinder von Kummersdorf bescheren.
Wir haben alle mit vollen Händen gespendet, aber uns fehlen noch fünfzig Taler.
Und da hast du an mich gedacht, den guten, alten, steinreichen Donald.
Nein, aber ich hab' gedacht, vielleicht kennst du jemanden, der was dafür stiftet.
Onkel Donald!
Warum bittest du nicht Onkel Dagobert um die fünfzig Taler?
Er ist doch der Reichste in unserer Familie.
Und für so einen guten Zweck rückt er sicher was raus.
Der? Der geht hoch wie eine Zündkerze! Ich kenn' doch Onkel Dagobert!
Keine Ausflüchte, Donald! Geh sofort hin! Sag ihm, fünfundzwanzig brauchen wir für die Weihnachtsgänse und fünfundzwanzig für die Eisenbahn.
Eisenbahn?
Bei Eisenbahn springt er mir ins Gesicht.
Und wenn schon! Wir haben sie den Kindern versprochen.

Die armen Kinder in Kummersdorf haben noch nie in ihrem Leben Spielsachen gehabt. Verstehst du das nicht?
Ich schon, aber Onkel Dagobert nicht!
Stell dich nicht so an, Onkel Donald! Es ist doch keine Sache, jemanden um eine elektrische Eisenbahn zu bitten.
Gut, gut -- ich geh ja schon!
Als wenn ich nicht selbst genug Sorgen hätte!
100 GEBRAUCHTE ÖLQUELLEN BILLIG ABZUGEBEN! NÄHERES BEIM DUCKSCHEN BANKHAUS
Onkel Dagobert hat ebenfalls Sorgen...
Jedes Jahr der gleiche Ärger! Mit Eintritt der feuchten Witterung quellen die Geldscheine auf, so daß der Geldspeicher überläuft.
GELD-SPEICHER EINTRITT VERBOTEN!
Ich sehe schon, ich komm' nicht drum herum, das Dach noch einmal fünf Meter aufstocken zu lassen.
KNOCK! KNOCK!
Zum Kuckuck! Wer klopft da? Wahrscheinlich wieder ein Bettler, der auf meine weihnachtliche Gebefreudigkeit spekuliert!
Herrrein!
Ach, du bist's nur! Deinetwegen hätt' ich fast einen Schuß vergeudet.
Schlechte Laune hat er auch noch! Da hilft nur die direkte Methode.

Donald, der Direkte!
Ich brauche fünfzig Taler! In Worten: F-ü-n-f-z-i-g!
Vielleicht darf ich erst einmal wissen, wofür?
Für die Kinder in Kummersdorf! Daisy und ihr Klub wollen eine Weihnachtsbescherung für sie veranstalten.
Wie rührend! Mit meinem Geld wohl?
Den Kindern dort geht's wirklich schlecht. Keine Geschenke, keine Süßigkeiten, nichts!
Mir schenkt auch niemand was.
Also weiter im Text! Was gedenken die törichten Weiber mit diesen fünfzig Talern zu kaufen?
F-für fünfundzwanzig Taler Weihnachtsgänse und für fünfundzwanzig...
Na? Wird's bald?
Du weißt doch, Onkel Dagobert, solche Kinder haben überhaupt keine Spielsachen.
Komm zur Sache!
Na schön! Also, sie haben den Kindern versprochen, ihnen eine Eisenbahn zu schenken.
Seid ihr größenwahnsinnig? In solchen Fällen...

...schenkt man was Pratisches wie Unterhosen und warme Strümpfe, aber keine Eisenbahn.
Du hast kein Herz, Onkel Dagobert.
Hör zu, mein Sohn! Die fünfundzwanzig für die Weihnachtsgänse stifte ich, aber keinen Kreuzer mehr! Das ist mein letztes Wort!
Notabene... ich gebe diese fünfundzwanzig Taler erst, wenn es dir gelingt, ebenfalls fünfundzwanzig aufzutreiben.
NOTAUSGANG
Komm wieder, wenn du die fünfundzwanzig für die allerdings völlig überflüssige Eisenbahn zusammenhast. Eher kriegst du nichts!
SLAM!
DAGOBERT DUCK, REICHSTER MANN DER WELT!
UND FEST ENTSCHLOSSEN, ES AUCH ZU BLEIBEN!
Es kann einem eben nicht alles glücken...
Also, was machen wir jetzt?
Auf keinen Fall können wir die Kinder enttäuschen.
Irgendwie müssen wir das Geld auftreiben.
Klar!
Wir fangen gleich damit an.
Bei uns!

Wieviel Geld hast du für unsere Weihnachtsgeschenke ausgeben wollen, Onkel Donald?
Fünf Taler! (Schluchz!)
Gib sie Tante Daisy!
Fehlen uns noch...
...zwanzig!
Hier sind die fünf Taler, die wir für Onkel Donald ausgeben wollten. Fehlen uns noch fünfzehn!
Und jetzt holen wir unsere Kameraden von den Pfadfindern und schaufeln Schnee. Da kriegen wir bestimmt noch mal fünf Taler zusammen.
Wenn die Kinder so opferbereit sind, will ich auch nicht zurückstehen. Ich verkaufe meine Granatbrosche. Dafür krieg' ich sicher auch fünf Taler.
Plötzlich allein auf weiter Flur!
Mein Weihnachtsgeschenk ist futsch, und das von den Kindern auch... und Daisys auch...
Na egal! Geben ist seliger als Nehmen! Und außerdem ist Weihnachten ja das Fest der Liebe.

Ich fürchte, es ist meine Sache, die restlichen fünf Taler aufzutreiben.
Entschuldigen Sie, mein Herr, darf ich Sie um eine kleine Gabe für eine Kinderbescherung bitten?
Gern! Wieviel Kinder brauchen Sie denn?
KAUFHOF
MILCH
Immerhin eine schlagfertige Antwort!
Entschuldigen Sie bitte...
Entschuldigen Sie bitte, aber würden Sie wohl eine Kleinigkeit für die Weihnachtsfeier des Kleintierzüchtervereins spenden?
GÜNSTIGE GELEGENHEIT! 100 GEBRAUCHTE GOLDBERGWERKE ZU VERKAUFEN! ALS EISENBAHNTUNNELS VEWENDBAR! NÄHERES BEIM DUCKSCHEN BANKHAUS
Eins zu eins unentschieden!
Entschuldigen Sie, aber Sie müssen was für eine Weihnachtsbescherung spenden.
!
Täte ich gern! Aber ich hab' grad' alles zusammengekratzt, um meine Schulden beim alten Herrn Duck zu bezahlen.
Dem kann man wirklich nichts abknöpfen!

Es ist wirklich ungerecht, daß unsereins sich wegen lumpiger fünf Taler so abmühen muß, und Onkel Dagobert erstickt im Geld.
Man müßte es dem alten Geizhals mit List und Tücke abluchsen!
Jawohl, mit List und Tücke! Und ich weiß auch, wie.
DONALD DUCK
Blättern wir mal im Familienalbum! Ah, das ist er! Jakob Jungerpel, der Sippenälteste!
Mit Bart sehe ich Onkel Jakob so ähnlich, als wär' ich sein Zwillingsbruder.
Und jetzt zu Onkel Dagobert! Dem erzähle ich eine so rührende Geschichte, daß sein Herz vor Mitleid schmilzt.
DONALD DUCK
KNOCK! KNOCK!
MEINE ERSTE SELBSTVERDIENTE BANKNOTE D.D.
Herrrein!

Was sehen meine armen Augen?
Ja, du siehst richtig! Ich b-bin der g-gute l-liebe Onkel Jakob aus Schottland. K-kennst du mich noch?
Wie sollte ich dich vergessen haben, Onkel Jakob! Du hast mich als Kind doch auf deinen Knien geschaukelt.
Aber ich hab' auch nicht vergessen, daß du mich vor sechzig Jahren um zwei Taler angepumpt hast. Zurückgegeben hast du sie mir nie.
Ich habe alles genau notiert. Das macht mit Zins und Zinseszins — bei riskanten Geschäften nehme ich fünfzig Prozent...
Dreihundert Taler! Hast du das Geld mitgebracht? Ich will es haben. Ich habe lange genug gewartet.
(Seufz!) Hellseher müßte man sein!
BÜRGER, HALTET EURE STRASSEN REIN!
Das war nichts! Man sollte ihm Angst machen, dem Knicker, dem geizigen!
Wovor fürchtet er sich wohl am meisten? Vor Gespenstern... Räubern... Ameisen... oder...?

BOING!
Das ist die Masche! Jawohl, aus Angst soll er mit dem Geld rausrücken.
Die Kinder von Kummersdorf sollen ihre Bescherung haben! Koste es, was es wolle!
DONALD DUCK
Ich werde Rolly, unsere Hausratte, einsetzen.
Endlich ist es mir gelungen, das Geld in den Speicher zu stopfen! Schockschwerenot! Wer klopft da?
KNOCK! KNOCK!
Herrrein!
Du schon wieder?
Entschuldige bitte, Onkel Dagobert, ich wollte nur fragen, ob du nicht eine Gelegenheitsarbeit für mich hättest.
Warum kommt ihr immer alle zu mir? Ich hab' doch kein Arbeitsvermittlungsbüro!
Na, dann nichts für ungut!
Eine Ratte! Zu Hilfe, eine Ratte!

Da knabbert sie schon an meinen wertvollen Geldscheinen.
Raus mit dir, du gemeingefährliches Nagetier! Du... du Wirtschaftsschädling!
Steh nicht so tatenlos herum! Hilf mir lieber, die Bestie zu fangen!
Bestien fange ich nur für eine Belohnung von fünf Talern. Sonst nicht!
Erpresser! Aber gut... nur schnell!
Komm, Kleines, komm, komm! Ist das nicht ein ulkiger Zufall, daß ich grad' ein Stückchen Käse bei mir hab'?
Siehst du, mit Käse fängt man Ratten. Ich hab' sie schon!
Hier ist dein Fünfer, Donald! Wenn ich auch sagen muß, daß mir die Sache mit dem Käse höchst verdächtig vorkommt.

Na, Kinder, wie ist's euch inzwischen ergangen?
Die Aktion war ein voller Erfolg. Pfadfindergruppe „Kondor" hat durch Schneeschaufeln fünf Taler verdient.
D. DUCK-ALLEE
Und ich habe Onkel Dagobert ebenfalls fünf Taler aus der Nase gezogen. Kommt, wir gehen zu Daisy.
Denk dir, Donald, ich habe wirklich fünf Taler für meine Granatbrosche bekommen.
BETRETEN DES RASENS VERBOTEN!
Hipp, hipp, hurra! Wir haben die Piepen zusammen!
Hier sind unsere fünf Taler!
Und hier meine!
Und hier die fünf von Onkel Dagobert!
Oha!
Ich... ich hab' den Schein in die Tasche gesteckt, in der auch unser Rolly war.

Nagetiere!
Wo soll ich jetzt nur die letzten fünf Taler herkriegen?
Ich könnte platzen vor Wut!
Sorgen, Sorgen, nichts als Sorgen!
CLINK!
Was seh' ich? Der hat mich für einen Bettler gehalten und mir einen Taler in die Mütze geworfen.
Hm... wäre taktisch vielleicht richtig, hier noch ein wenig zu verweilen.
Inzwischen hat Onkel Dagobert die Tür zu seinem Geldspeicher endlich zugekriegt...
Der Speicher ist voll... mehr als voll!
GELD-SPEICHER
EINTRITT VERBOTEN!

Ich werde durch den Park nach Haus gehen. Da spar' ich das Geld für die Tram.
DUCKSCH BANKHA
HIER WIRD NICHTS VERSCHENKT!
Was muß ich auf meine alten Tage erleben? Mein Neffe bettelt wie der erstbeste Tagedieb?
Donald, hast du denn gar kein Schamgefühl?
Schamgefühl? Na, und der Taler da? Das ist wohl nichts?
Du sitzt wirklich erst fünf Minuten hier und hast...?
Runter von der Bank! Ich will auch einmal auf so einfache Art und Weise zu Geld kommen.
Die einzig günstig gelegene Bank im Park nimmt er mir weg. Typisch!
Hoffentlich erkennt mich niemand! Ich werde den Mantelkragen aufschlagen und ein recht erbarmungswürdiges Gesicht machen.

Inzwischen herrscht bei den Kindern in Kummersdorf frohe Erwartung...
Glaubt ihr wirklich, daß wir zu Weihnachten eine Eisenbahn geschenkt kriegen?
Die lieben Damen haben es uns versprochen.
Die Schienen bauen wir vor Willis Fenster auf, weil er im Bett liegen muß, damit er auch was davon hat.
Ja, und wir legen einen Bindfaden zu ihm ans Bett, damit er die Glocke von der Schranke bedienen kann.
Ach, ich freu' mich so!
Diesmal vergißt uns der Weihnachtsmann nicht.
Wo krieg' ich nur die letzten vier Taler her? Das ist keine Summe, wenn man sie hat, aber sehr viel Geld, wenn man es nicht hat.
Heil mir! Wen seh' ich?
Gustav Gans! Sei gegrüßt, du Glückspilz!
SÜSSWAREN

Gustav, du bist der einzige, der mir jetzt noch helfen kann.
Na, wo fehlt's denn mal wieder, lieber Vetter?
TAP
25 KR.
Ich brauch' dringend vier Taler. Kannst du sie mir geben?
Ich? Ich hab' nie Bargeld. Brauch' auch keins.
25 KR.
Dann finde welches! Du findest doch immer Brieftaschen oder Schmuck oder sonst was.
Keine Saison mehr! Im Winter fällt dergleichen in den Schnee, und schon ist es verschwunden.
Ein Mann wie du findet auch in der Nachsaison was.
Donald erzählt Gustav von dem Plan, die Kinder in Kummersdorf zu bescheren…
Für einen so guten Zweck stelle ich mich natürlich zur Verfügung.
Aber ich sage dir gleich, es ist eine große Anstrengung für mich. Wünschen erfordert Kraft und Konzentration.
Probier's bitte!
Ob vor dem großen Hotel nicht am ehesten was zu finden wär'?
Möglich, Donald! Durchaus möglich!
Komm mit! Ich werde meinen Hut hinhalten. Vielleicht fallen zufällig vier Taler aus einem Fenster.

Bißchen näher ran, Donald! Nur nicht so schüchtern!
Furchtbar peinlich! Ich hab' das Gefühl, alles starrt uns an.
PLOP
Da hat so ein taktloser Mensch einen Kreuzer glühend gemacht und dir in den Hut geworfen.
Hat direkt ein Loch durchgebrannt!
Den Kerl kauf' ich mir!
Nein, warte!
Siehst du, ich kann mich jederzeit auf mein Glück verlassen. Die Münze hat ein Loch in den Schnee geschmolzen...
...und was ist in dem Loch? Eine schöne, dicke Brieftasche!
Mein lieber Schwan, das gibt einen hübschen Batzen Finderlohn!

Später...
Die Leute waren hochanständig! Hier hast du deine vier Taler!
Hast du auch genug, um dir einen neuen Hut zu kaufen?
Selbstredend! Man nennt mich nicht umsonst „Das Schoß-kind des Glücks".
Jedenfalls vielen Dank, Gustav! Das war sehr lieb von dir.
Brems!
Gustav, gib mir doch bitte den Kreuzer, der das Loch in den Hut gebrannt hat.
Warum?
Ich brauch' ihn für einen bestimmten Zweck.
Na gut! Aber überleg dir, was du tust!
Mir hat der Kreuzer Glück gebracht, dir bringt er vielleicht Unglück.
Muß ich riskieren.
Da sitzt er, der arme Onkel Dagobert! Wie er es nur anstellt, so völlig mittellos auszusehen?

Tag, Onkel Dagobert! Was macht das Geschäft?
Frag nicht so scheinheilig!
Ich kann jedenfalls an keinem Bettler vorübergehen, ohne ihm was zu schenken.
Schnauf!
Leichten Herzens hüpft Donald von dannen. Noch ahnt er nicht, welch katastrophale Folgen sein Geschenk haben sollte...
Endlich sind wir soweit!
Juchheißa, juchhei! Jetzt haben wir genug Geld.
Ja, und jetzt wird ganz groß eingekauft!
Aber erst gehen wir zu Onkel Dagobert und holen uns die versprochenen fünfundzwanzig Taler. Jetzt muß er sie rausrücken.
O du fröhliche... o du selige...
Inzwischen ist Onkel Dagoberts Geduld erschöpft...
Eine geschlagene Stunde sitz' ich hier, und alles, was ich verdient hab', ist der Kreuzer von Donald.
Nun – wer den Pfennig nicht ehrt, ist des Talers nicht wert.

Die Tür aufzumachen, das trau' ich mich nicht.
G S E V
Ich werde den Kreuzer lieber durch das Oberlicht hineinwerfen.
Nichts als Arbeit hat man! Den ganzen Tag ist unsereins auf den Beinen.
Voll bis zum Rand! Viel geht nun wirklich nicht mehr hinein.
Er spricht ein wahres Wort gelassen aus...
RUMBLE
Hilf, Himmel, was ist passiert?
Onkel Dagobert muß hier sein. Sein Büro ist nicht abgesperrt.
Wenn ihr wegen der fünfundzwanzig Taler gekommen seid, dann seid ihr um einen Kreuzer zu spät gekommen.

Kneifen gilt nicht! Du hast uns die fünfundzwanzig Taler fest versprochen.
Ich kneife nicht... ich leide!
Du wirst es nicht glauben, aber ich besitze nichts mehr. Nichts!
Du hast mich schon öfter beschummeln wollen, aber so unverschämt gekohlt wie heute hast du noch nie.
Ach, Donald, was weißt denn du?
Du machst jetzt sofort deinen Geldspeicher auf und fischst die fünfundzwanzig Taler raus, oder ich kenne mich nicht mehr.
Bitte, wie du willst! Aber du wirst dich wundern.
O Schreck laß nach! Ein Loch! Ein bodenloses Loch!

Huhuhu! Mein Geld ist weg! Ich bin ein armer, alter, unglücklicher Mann! Huhuhu!
Du bist schuld! Du allein! Dein Kreuzer hat das Fundament zum Einsturz gebracht.
Mir tun nur die armen Kinder von Kummersdorf leid. Daß sie so eine Enttäuschung erleben müssen!
Nichts da, Enttäuschung! Das Geld ist da unten. Das wird man ja wohl rausbaggern können.
Doch das erweist sich als technisch undurchführbar. Onkel Dagobert zieht die bedeutendsten Sachverständigen zu Rate, jedoch...
Ich vermute gewisse geologische Unregelmäßigkeiten unter dem Fundament.
Oder natürliche Ursachen: Wühlmäuse und Maulwürfe!
Meine Augengläser sind hineingefallen. Ich habe sie bis jetzt noch nicht aufschlagen hören.
Vor allen Dingen müssen wir erst einmal die Tiefe der Kaverne durch Echolotung feststellen.
Die nehmen sich Zeit!
Dabei sind's nur noch...
...zwei Tage bis Weihnachten.

Nach sorgfältigen Berechnungen und Beratungen geben die Sachverständigen folgendes Gutachten ab...
Wir bedauern, Ihnen mitteilen zu müssen, daß das Geld verloren ist, Herr Generaldirektor.
BALDRIAN-TROPFEN
Hier sind der schriftliche Bericht und eine genaue grafische Darstellung.
BERICHT ÜBER DIE GEOLOGISCHE KATASTROPHE UNTER DEM BANKHAUS D. DUCK.
Das hier ist Ihr Speicher!
STARKE ÜBERLASTUNG DURCH ANORMALE ANHÄUFUNG VON GELD
Unter demselben befand sich eine bis dato unbekannte Tropfsteinhöhle.
UNBEKANNTE TROPFSTEIN-HÖHLE
Der letzte Kreuzer, den Sie in den Speicher warfen, brachte die Decke der Höhle zum Einsturz.
GELD
Ihr Geld versank — versank — versank — bis zu diesem Punkt.
Sozusagen wie das Geld der armen Witwe im Sparstrumpf!

Aber es müßte doch die Möglichkeit geben, nach dem Ziehbrunnensystem einen Eimer hinabzulassen und das Geld heraufzuholen? Oder?
Das verbietet die Beschaffenheit des Bodens der Höhle.
TRIEBSAND
Die leichteste Erschütterung droht, ihn zum Einsturz zu bringen, und ihr Geld fällt dann in den Triebsand, also ins völlig Bodenlose.
Dann muß eben hier von der Seite her ein Stollen herangeführt werden.
Unmöglich! Die Erschütterung von Gesteinsbohrern würde den Boden unfehlbar einstürzen lassen.
Leben Sie wohl, Herr Direktor, und wenn ich Ihnen menschlich einen Rat geben darf: Tragen Sie es wie ein Mann!
Reizende Menschen, was?
Das einzige, was sie mit dem Weihnachtsmann gemeinsam haben, ist der Bart.
Huhuhu, ich bin arm wie eine Kirchenmaus! Was soll aus mir werden? Huhuhu!

Traurig, aber gefaßt, berät man die nun notwendigen Entscheidungen...
Ich denke, bescheren tun wir auf jeden Fall. Wenigstens sollen die Kinder einen richtigen Weihnachtsschmaus haben.
So? Und die versprochene Eisenbahn kriegen sie nicht?
Leider nicht!
Das geht nicht! Das geht nicht!
Den Kindern ist die Eisenbahn bestimmt wichtiger als alles andere.
Ach, wenn mir doch nur einfiele, wie man Onkel Dagoberts Geld retten könnte!
Am nächsten Morgen...
Steht auf, ihr Faulpelze! Das Frühstück steht schon auf dem Tisch.
Wir denken nach, Onkel Donald.
Ich weiß nicht, wohin vor Sorgen — und ihr liegt im Bett und denkt nach!
Da, seht euch das an! Onkel Dagobert ist zu uns gezogen, weil er kein Geld mehr hat.
Hab' ich jetzt drei Teller Haferbrei gegessen, lieber Donald, oder vier? Ich kann vor lauter Tränen nichts erkennen.

Endlich erscheinen die Kinder am Frühstücks-tisch...
Gib uns unsern Haferbrei, Onkel Donald!
Uns ist etwas ein-gefallen.
Im vorigen Sommer haben wir nämlich auf einer Pfadfinderfahrt eine Höhle entdeckt.
Und zwar in der Schlucht unterhalb von Kummersdorf!
Und diese Höhle war schmal und lang und erstreckte sich gegen Entenhausen zu.
Eine Höhle unter der Stadt? Worauf wartet ihr noch? Nehmt eure Taschenlampen und kommt!
Später...
Das ist der Eingang. Sehr groß ist er nicht.
Traust du dich da rein?
An Mut gebricht's mir nicht.
Es geht hinab – hinab – hinab!
Wo hab' ich das nur schon mal gehört?
Ah, die Sachverständigen! Wir sind auf dem richtigen Weg.

Noch später...
Hier ist die Höhle zu Ende.
Meiner Meinung nach müssen wir unter dem versunkenen Geld sein. Wenn wir bohren dürften, hätten wir's gleich.
Wartet mal! Hier muß eine Verbindung bestehen. Ich rieche Geld!
SNIFF! SNIFF!
SNIFF SNIFF
Aha! Ein Fuchsloch! Das ist der Zugang zu meinem Geld.
Allen Respekt vor deiner Nase, Onkel Dagobert, aber was nützt uns das?
Wir können nicht wagen, das Loch zu erweitern.
Ja, die geringste Erschütterung kann uns verschütten. Es knistert schon ganz unheimlich.
Wir beraten uns erst mal mit den anderen Pfadfindern.
Ein Pfadfinder...
...findet immer einen Pfad.

Stunde auf Stunde vergeht...
Geh ruhig nach Haus, Donald! Ich bleib' hier bei meinem Geld. Hab' ja nichts anderes auf der Welt!
Und was hast du davon?
Ich kann mein Geld wenigstens riechen. Ich kann seinen köstlichen Duft einatmen und sein von mir so geliebtes Aroma genießen. Laß mich nur!
Schluchz! Schnüff!
Hallo! Wir wissen...
...wie man das Geld holen kann!
Alle Mitglieder unserer Gruppe haben gespendet, so daß das Transportproblem gelöst werden kann.
Eine Spielzeug-Eisenbahn?
Ja, so etwas Kindisches und Überflüssiges wie eine Eisenbahn. Aber warte nur!
Die Schienen stecken wir durch das Fuchsloch.
Und nun lassen wir die Lokomotive mit einem Kohlenwagen einfahren.

Ganz langsam natürlich...
...um Erschütterungen zu vermeiden!
Weiter, kleine Lok! Weiter!
Der Zug stößt sanft an den Geldhaufen. Einige Scheine fallen in den Kohlenwagen. Die Lokomotive schaltet auf vorwärts...
E.B.
PETIT TRAIN JAUNE
Sie kommt! Sie kommt! Ich hab' gehört, wie's geraschelt hat.
Kinder, ich bin euch ja so dankbar!
Davon können wir uns nichts kaufen. Gib's uns lieber bar!
Einverstanden! Ihr dürft die erste Ladung Geld, die ankommt, behalten.
Hier kommt sie!
TOOT
TOOT
Im Kohlenwagen sind lauter Banknoten.
Ausgerechnet 1000-Taler-Scheine!
PETIT TRAIN JAUNE
Hundert Stück!
Laßt jetzt das Zählen, bringt lieber Wasser! Onkel Dagobert ist mir unter den Händen ohnmächtig geworden.

Der kluge Leser wird sich denken können, daß unter diesen Umständen in Kummersdorf das schönste Weihnachtsfest gefeiert wurde, das man sich denken kann... mit glitzernden Christbäumen, köstlichen Weihnachtsplätzchen, Gänsebraten...
SCHUHE
MANTEL
...und Eisenbahnen!
PETIT TRAIN JAUNE
Wo ist denn Herr Dagobert Duck, dessen großzügige Spende uns das Fest ermöglicht hat?
Ich weiß, wo! Ich bring' ihm ein Gänsebein!
Dachte mir schon, daß ich dich hier treffe, Onkel Dagobert!
Wo sonst? Du wirst mich sogar noch sehr lange hier treffen.
Bei dem Tempo, mit dem eure Eisenbahn mein Geld holt...
...dauert es noch zweihundertzweiundsiebzig Jahre, elf Monate, drei Wochen und vier Tage!
TOOT TOOT

Walt Disney's
Donald Duck
Für Christbaumschmuck wird diesmal kein Geld ausgegeben. Wir basteln ihn selber. Mit Phantasie und Spucke!
Beispielsweise machen sich Orangen und Popcorngirlanden im Tannengrün ausnehmend gut.
Oh, ich muß ja noch was einkaufen. Also, bis gleich!
Her
mit dem
Popcorn!
Das Zeug ist für Girlanden viel zu schade.
Genau! Aber Durst kriegt man davon.
Wozu haben wir Orangen?
Das war direkt eine Wohltat!
Aber woraus machen wir jetzt den Christbaumschmuck?
Wie wär's mit dem Geschenk für Onkel Donald?
Das haut hin!
Vorsicht, mein Daumen!
Schnell! Der Alte kommt angewackelt.
EIN DUTZEND
Alles fertig nehm' ich an? Schmuck am Baum und Geschenk unterm Baum?
Nicht unterm Baum, Onkel Donald!
Auf dem Baum!
Herrje! Die guten Golfbälle!

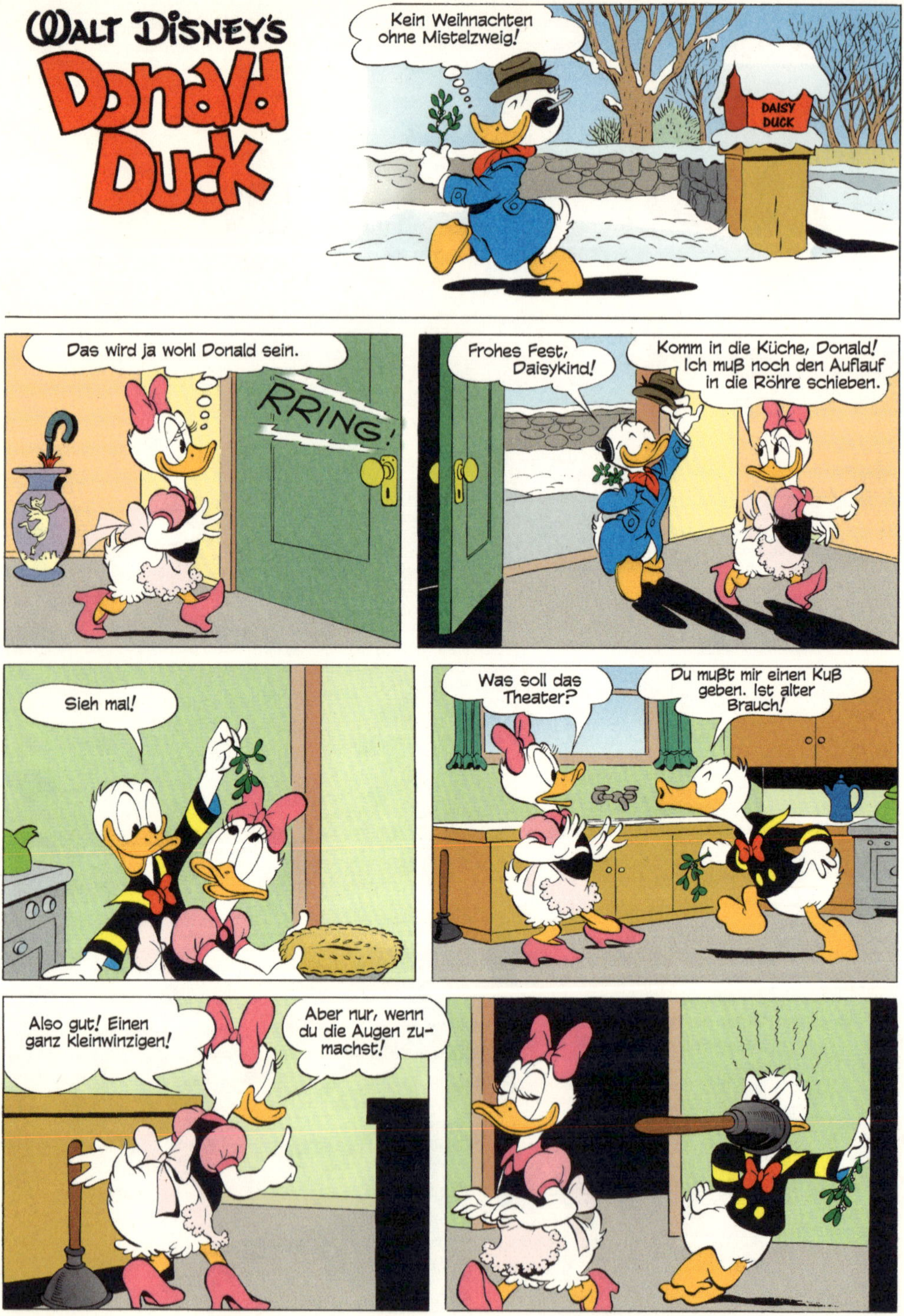
WALT DISNEY'S
Donald Duck
Kein Weihnachten ohne Mistelzweig!
DAISY DUCK
Das wird ja wohl Donald sein.
RRING!
Frohes Fest, Daisykind!
Komm in die Küche, Donald! Ich muß noch den Auflauf in die Röhre schieben.
Sieh mal!
Was soll das Theater?
Du mußt mir einen Kuß geben. Ist alter Brauch!
Also gut! Einen ganz kleinwinzigen!
Aber nur, wenn du die Augen zumachst!

Walt Disney's
Donald Duck
Was macht ihr denn? Schreibt ihr etwa einen Roman?
Nein, Onkel Donald! Wir
schreiben nur auf, was
wir uns zu Weihnachten wünschen.
So geht's nicht, Kinder! Euer Wunschzettel darf nicht größer sein als eine Briefmarke. Also fangt noch mal von vorn an!
Aha!
So, so!
Na ja!
Die Liste wird ja nun wohl kleiner werden. Muß auch sein! Ich gehöre ja nicht zu den Besserverdienenden. So sagt man ja wohl.
Unser Wunschzettel ist fertig. Kannst du mal kurz reinkommen?
Gern, Kinder! Gern!
Mikrofilm, Onkel Donald! Die heutige Technik ist einfach Klasse! Findest du das nicht auch?
1 COMPUTERSPIEL
1 FUSSBALL
3 FAHRRÄDER
3 SURFBRETTER
3 PAAR SCHIER
1 TISCHTENNISSPIEL
3 WALKMEN
3 TASCHENLAMPEN

WHAMBO!

Walt Disney presents
Donald Duck
Der Schnee-Einsiedel
Stellt euch vor! Der Cäcilienverlag hat einen von meinen Schlagern angekauft!
Ist das
wirklich
wahr?
Das muß gefeiert werden, Kinderchen. Packt eure Sachen! Wir fahren ins Gebirge.
War das eine Schufterei mit den Schlagern! Aber ich sag' ja immer: Ohne Fleiß kein Preis!
Welchen Schlager hast du denn verkauft?
ROAR
ZUM KLAUSENPASS
Den „Rührseligen Cowboy"! Ich sing' ihn euch mal vor.
Nein, bloß nicht! Den kennen wir in- und auswendig.
Und lieg' ich dereinst auf der Bahre, dann denkt an meine Gu-i-tah-re! Und gebt sie mir mit in mein Grab!
Welch reizendes kleines Gebirgsdorf! Da bleiben wir.
Oberlawinenbrunn? Das klingt nicht gerade vertrauenerweckend.
OBERLAWINEN-BRUNN
313

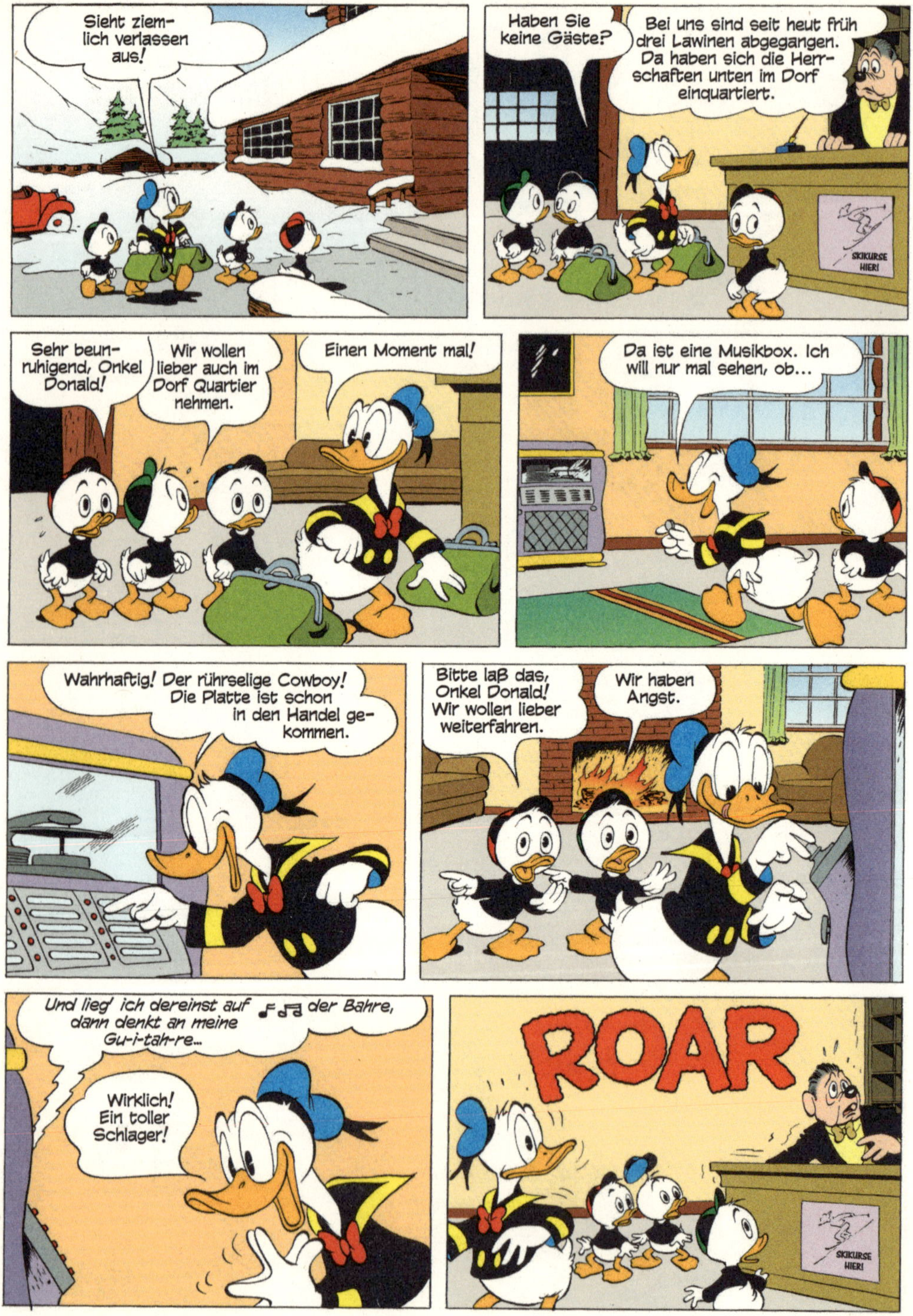

Sieht ziemlich verlassen aus!
Haben Sie keine Gäste?
Bei uns sind seit heut früh drei Lawinen abgegangen. Da haben sich die Herrschaften unten im Dorf einquartiert.
SKIKURSE HIER!
Sehr beunruhigend, Onkel Donald!
Wir wollen lieber auch im Dorf Quartier nehmen.
Einen Moment mal!
Da ist eine Musikbox. Ich will nur mal sehen, ob...
Wahrhaftig! Der rührselige Cowboy! Die Platte ist schon in den Handel gekommen.
Bitte laß das, Onkel Donald! Wir wollen lieber weiterfahren.
Wir haben Angst.
Und lieg' ich dereinst auf der Bahre, dann denkt an meine Gu-i-tah-re...
Wirklich! Ein toller Schlager!
ROAR
SKIKURSE HIER!

Schon wieder eine Lawine! Bloß weg hier!
Das Hotel ist noch mal verschont geblieben.
ROAR
Na, dann ist doch alles gut!
Nichts ist gut! Wenn das so weitergeht, erwischt's mich doch noch.
Wodurch entstehen eigentlich Lawinen?
Durch plötzliches Tauwetter! Aber heute? Höchst eigenartig!
Bei dem Wetter gibt's dafür keine natürliche Erklärung. Vielleicht ist der Schnee-Einsiedel schuld.
Der Schnee-Einsiedel?
Wer ist das?
Ein komischer alter Kauz, der dort oben in einer Höhle haust. Man sagt hier im Spaß, der Schnee-Einsiedel läßt die Lawinen los.
Na, bis er die nächste losläßt, wird's ja ein Weilchen dauern. Ich gehe inzwischen hinein und spiele meinen Schlager.
Na, Sie haben Mut!
Onkel Donald tötet mir den Nerv!
Er ist unmöglich!
Wenn der hier dauernd seinen Schlager spielt, schnapp' ich über.

Wissen Sie, Herr Direktor, der rührselige Cowboy ist nämlich von mir.
Was Sie nicht sagen! Sie sehen doch sonst ganz normal aus.
Haben schon viele Gäste meine Platte gespielt?
Drei, soviel ich weiß! Heute früh erst!
Und lieg' ich dereinst auf der Bahre, dann denkt an meine Gu-i-tah-re...
Ogottogottogott! Schon wieder Onkel Donalds Machwerk!
ROAR
Und schon wieder eine Lawine!
Zwei Lawinen in zehn Minuten!
Der Einsiedel spinnt wohl?
Das Hotel ist wieder nicht getroffen! Ein unwahrscheinliches Glück!
Meinen Sie, unten im Dorf sind noch Zimmer frei?
Sicher! Ich glaub', ich komm' mit.
Onkel Donald, das mit den Lawinen ist lebensgefährlich. Ich bin dafür, wir steigen auf den Berg und sehen nach, was der Schneesiedel eigentlich treibt.
Ganz meine Meinung!

Ich bin stocksauer auf den Burschen. Schon zweimal hat er mich beim Spielen meiner Lieblingsplatte gestört.
Familie Duck macht sich also an den Aufstieg…
Komm heraus, du alter scheinheiliger Schneeschleicher, wenn du Mumm in den Knochen hast!
Hier sind die Lawinen abgegangen. Komisch! Nirgends Fußspuren zu sehen!
Aber das ist die Höhle!
Hier steht: „Verzogen! Konnte die rührselige Cowboyschnulze nicht mehr mit anhören. Der Schnee-Einsiedel!"
Das ist eine Unverschämtheit! Wehe, wenn ich ihn finde!
Jetzt wissen wir wenigstens, warum er die Lawinen abläßt.
Wär' noch besser, wir wüßten, wo er ist.
Tick, gib mir deinen Spiegel!

Vielleicht gibt es unten im Dorf eine Pfadfindergruppe. Es könnte ja sein.
Es ist auch so...
Was? Jemand blinkt? Pfadfindermorsezeichen? Ich muß sofort die Botschaft entgegennehmen. Allzeit bereit!
K-r-e-u-z-e-r i-n S-p-i-e-l-a-u-t-o-m-a-t-e-n H-o-t-e-l s-t-e-c-k-e-n! R-ü-h-r-s-e-l-i-g-e-n C-o-w-b-o-y s-p-i-e-l-e-n!
Komischer Auftrag! Aber die Pfadfinder dort oben werden schon einen triftigen Grund dafür haben.
Jetzt wird's spannend. Wenn der Schneesiedel erscheint und seine Lawine loslassen will, ertappen wir ihn auf frischer Tat.
Ich wundere mich nur, daß er hier oben die Platte gehört hat.
Muß er ja wohl!
Ich steck' den Kreuzer rein, aber dann nehm' ich schleunigst Reißaus. Das kann mir niemand übelnehmen.
Hier oben hört sich das noch schlimmer an.
UND LIEG' ICH DEREINST AUF DER BAHRE,
DANN DENKT AN MEINE GUITAHRE! UND LEGT SIE MIR IN MEIN GRAB!
Wirklich zum Steinerweichen!

Das ist einfach nicht zum Aushalten!
Ja, die Schlucht wirkt wie eine Art Schalltrichter.
Ein Wunder der Akustik!
Da! Schon wieder eine Lawine!
Onkel Donald!
Wo ist Onkel Donald?
Ah, köst- ♥ licher welch Ohrenschmaus!
KA-WAM
Den hat's mitgerissen!
SPLONK
Zum drittenmal hat mich der Schneesiedel beim Genuß meines Werkes gestört!

Er lebt!
Ihm ist nichts passiert!
Ja, Onkel Donald ist unverwüstlich!
Aber jetzt zum Schneesiedel! Dort oben muß er sein. Das ist sonnenklar.
O nein, meine jungen Freunde, ich bin hier.
Sie... Sie sehen ja gar nicht böse aus!
Warum auch? Hab' ja auch noch nie jemandem was zuleide getan!
Und auf euch pass' ich auch auf. Im Gebirge kann einem leicht was geschehen.
Abfahren könnt ihr heut nicht mehr. Dazu ist es schon zu spät. Am besten bleibt ihr bis morgen früh bei mir.
Was meint ihr? Sollen wir das riskieren?
Außerdem kommt ein Schneesturm. So was fühle ich.
Murmel... murmel!
Abgemacht! Aber die Augen offenhalten!
Wir kriegen schon raus, wie er die Lawinen macht.

Die drei signalisieren, daß es ihnen gutgeht und daß sie über Nacht in einer warmen Höhle bleiben. Donald legt sich also seelenruhig schlafen, ohne zu ahnen, daß seine Neffen dem berüchtigten Schnee-Einsiedel in die Arme gelaufen sind...
Sehr gemütlich ist es bei Ihnen, Herr Schnee-Einsiedel!
Meine beste Höhle ist oberhalb vom Hotel. Aber da konnte ich nicht bleiben. Wegen dem rührseligen Cowboy.
Ich kann nicht schlafen. Ich möchte so schrecklich gern noch mal meine Platte hören. Sicher ist das Hotel nicht abgeschlossen.
Ich krieg' zuviel! Jetzt geht das Gegreine schon wieder los.
UND LIEG' ICH DEREINST AUF DER BAHRE...
ROAR
Und natürlich wieder eine Lawine!
Gott sei Dank! Wieder daneben!
Haarscharf daneben!
Verzeihen Sie bitte, Herr Schnee-Einsiedel, wir haben gedacht, Sie machen die Lawinen.
Nein, Kinder! Das Lied ist schuld. Durch das rührselige Gedudel schmilzt der Schnee, und dann entsteht eben eine Lawine.
Die ganze Nacht hindurch heult der Schneesturm und am nächsten Morgen...
Das Dorf ist in Gefahr, Kinder. Über dem ganzen Tal hängen Wächten. Wenn euer Onkel jetzt seine Platte spielt... nicht auszudenken!

Leben Sie wohl, Herr Schnee-Einsiedel, und vielen Dank!
Wir müssen schnell abfahren und unseren Onkel warnen.
Aber in diesem Augenblick...
Der Schnee-Einsiedel ist heut nacht sicher eingeschneit. Da kann ich endlich in Ruhe meine Platte spielen.
Zu spät!
Und lieg' ich dereinst auf der Bahre...
SPLOONK
Onkel Donald!
Onkel Donald, lebst du noch?
Klar! Warum nicht? Schmeißt mir genügend Kleingeld runter! Aber so viel, daß es bis zum nächsten Frühjahr reicht!
Daher...
Und lieg' ich dereinst auf der Bahre, dann denkt an meine Gu-i-tah-re! Und gebt sie mir mit in mein Grab!
Wißt ihr, wovor ich mich fürchte?
Doch nicht vor Lawinen?
Im Gegenteil! Daß es Frühjahr wird!
ENDE

Walt Disney presents
Donald Duck
Der reichste Mann der Welt
Das sind doch der Bürgermeister und der Stadtgarten-direktor? Was treiben denn die für Spielchen?
Onkel Dagobert hat sie anscheinend rausgeschmissen.
Und Sie wollen der reichste Mann der Welt sein? Das glaub' ich nie und nimmer.
Sie schäbiger scheinheiliger Scheich!
DUCKSCHES BANKHAUS
DAGOBERT DUCK REICHSTER MANN DER WELT
Was hat's denn gegeben?
Der Mann ist unmöglich!
Führt sich auf wie ein Wilder, nur weil man um eine kleine Spende bittet.
Der Stadtrat hat nämlich beschlossen, Emil Erpel, dem Gründer unserer Stadt, ein Denkmal zu setzen.
„Ehrt eure großen Männer", sagt schon der Dichter. Wen aber sollen wir mehr ehren als den Mann, der aus einer Wüstenei eine blühende Stadt gemacht hat?
Das einzige, was in unserer Stadt blüht, ist die Schnorrerei! Aber ich gebe mein gutes Geld nicht für steinerne Denkmäler!
Und daß Sie's wissen: Ich habe Geld wie Heu. Aber nur, weil ich immer eisern gespart habe. Darum!

Hahahaha, die sind naiv! Ausgerechnet von Onkel Dagobert wollen sie Geld haben.
Da ist ja der reinste Volksauflauf!
Das ist der Maharadscha von Zasterabad.
Er will seine Ferien in Entenhausen verbringen.
Der ist ein ganz hohes Tier in Indien.
Der reichste Mann der Welt soll er sein.
!
!!!
Die schlichten Bürger von Entenhausen sind von meiner Pracht geblendet. Man halte an, auf daß ich ein paar Rupien unter das Volk werfe!
Mir kommt da ein Gedanke, Herr Bürgermeister.
Der ist mir längst gekommen.
Holt die Stadtkapelle! Der Männergesangverein soll antreten! Die Polizei Spalier bilden! Unser fürstlicher Besucher muß so empfangen werden, wie es seinem Bankkonto — äh, ich meine seiner Bedeutung gebührt.
Onkel Donald, glaubst du, der Maharadscha ist reicher als unser Onkel Dagobert?
Das käme auf eine Probe an.

Am nächsten Tag...
Hahaha! Hört nur, was heut in der Zeitung steht!
„Der Maharadscha von Zasterabad machte gestern der Stadt Entenhausen eine Stiftung von zwanzigtausend Talern zur Errichtung eines Denkmals für Emil Erpel."
„‚Aber ich bitte Sie', sagte der Maharadscha leutselig zu unserm Reporter, ‚zwanzigtausend Taler sind doch wirklich nicht der Rede wert.'"
AN- UND VERKAUF
Den Artikel muß Onkel Dagobert unbedingt lesen. Da platzt er vor Wut.
Onkel Dagobert, hast du heute schon die Zeitung gelesen?
Wozu? Mich interessieren nur die Börsennachrichten.
BÜRO
Oooh! (Knirsch!)
„Maharadscha von... reichster Mann der Welt... zwanzigtausend Taler... nicht der Rede wert..."
Reichster Mann der Welt! Dummes Zeug! Niemand hat soviel Geld wie ich. Das ist amtlich.
Er gibt aber mehr aus.

Ich werde es nicht dulden, daß so ein mickriger Möchtegern mich in den Schatten stellt!
Das tut er aber!
Das tut er nicht! Wenn es hart auf hart geht, halt' ich länger durch. Viel länger!
Vielleicht! Aber der Maharadscha soll im Jahr mehrere Millionen ausgeben.
Wer viel ausgibt, ist eines Tages pleite. Das weiß jedes Kind.
BÜRO
Los, erkundige dich, wie groß das Denkmal werden soll, woraus, und so weiter und so fort!
Verrückte Welt, wo man nicht nach seinem Besitz beurteilt wird, sondern nach seinen Ausgaben!
Eine Woche später versammelt man sich im Stadtpark, um der Enthüllung des Denkmals beizuwohnen...
Lang lebe der Maharadscha!
Lang lebe sein Bankkonto!
Aber es wird nicht nur ein Denkmal enthüllt, sondern deren zwei...
Da ist ja noch ein Denkmal von Emil Erpel!
Ein viel größeres!
Zweimal so groß!

Ich bin empört! Wenn ich ein Denkmal stifte, will ich keine Konkurrenz haben. Wer wagt es, mich so herauszufordern?
„Zu Ehren von Emil Erpel in Dankbarkeit errichtet von seinem Nachfahren Dagobert Duck, dem reichsten Mann der Welt!"
„Reichsten" ist mit Buchstaben aus purem Gold geschrieben.
Bildet sich dieser bleichgesichtige Bankier wirklich ein, er könne es mit dem Maharadscha von Zasterabad aufnehmen?
Man rufe Bildhauer herbei! Man fälle Bäume und schaffe Raum! Ich erstelle sofort ein neues Denkmal von Emil Erpel!
Hast du schon was über das neue Denkmal erfahren? Wie groß und woraus?
Bis heute abend weiß ich's.
In der folgenden Woche findet wieder eine Enthüllung statt...
Beim Scheitan! Das andere Denkmal ist wieder größer!
EMIL ERPEL
ERRICHTET VOM MAHARADSCHA VON ZASTERABAD, DEM REICHSTEN MANN DER WELT!
EMIL ERPEL
ERRICHTET VON DAGOBERT DUCK, DEM REICHSTEN MANN DER WELT

Man telegrafiere sofort nach Zasterabad! Mein Schatzkanzler schicke zehn Elefantenladungen Geld! Es wird noch ein Denkmal gebaut.
Mach dich an deine Arbeit, Donald!
Jawohl, Onkel Dagobert!
Zwanzig Stockwerke hoch und alles aus purem Marmor!
Jawohl, Herr Maharadscha!
Jawohl! Sofort!
Wochenlang rattern Maschinen hinter Schutzwänden. Ein Heer von Arbeitern meißelt an den beiden Denkmälern...
Das Leben ist Kampf! Mir macht das Spaß.
Und dann fallen die Hüllen. Die beiden Denkmäler sind gigantisch und überragen alle Gebäude der Stadt. Doch Onkel Dagoberts ist wieder um einiges größer...
EMIL ERPEL
ERRICHTET VON DAGOBERT DUCK, DEM REICHSTEN MANN DER WELT!
EMIL ERPEL
ERRICHTET VOM MAHARADSCHA VON ZASTERABAD, DEM REICHSTEN MANN DER WELT!
Es ist eine Schmach und Schande! Noch nie wurde ein Maharadscha so gedemütigt.

Ich will neue Vorschläge haben! Man schaffe Geld herbei! Und Marmor in Massen! Es wird weitergemeißelt!
Ich flehe Sie an, Hoheit, lassen Sie's genug sein! Wir sind mit Denkmälern von Emil Erpel reichlich eingedeckt.
Wie wär's mit einem Denkmal von Ihnen persönlich? Das wäre eine Abwechslung.
Oooh!
Ein Denkmal von mir selbst? Das ist der richtige Vorschlag. Was geht mich Emil Erpel an?
Auf deinen Posten!
Sofort!
Man verfertige ein Denkmal von mir selbst! Aus purem Golde! Zehn Meter hoch!
Jawohl, Herr Maharadscha!
Und mein Turban... ja, mein Turban soll aus Elfenbein sein... mit Diamanten besetzt!
Jawohl! Wie Sie wünschen!
Die Augen aus echten Smaragden, groß wie Teetassen!
Selbstverständlich! Wird alles erledigt!

Allmählich tut es mir leid, daß ich Onkel Dagobert da reingehetzt habe.
Hm, Augen aus Smaragden? Smaragde sind doch grün, oder?
Grün! Hahaha! Das paßt! Wenn er mein Denkmal ansieht, wird er grün und gelb vor Neid.
Entenhausen ist völlig aus dem Häuschen…
Ich bin neugierig, wer zuerst Pleite macht.
Ich setze auf den Maharadscha. Der hält's länger aus als unser Dagobert.
EMIL ERPEL
ERRICHTET VON DAGOBERT DUCK,
M REICHSTEN MANN
Nie! Ich setze auf Dagobert, den Dauerhaften!
Ich finde, es ist ein Skandal! Die könnten mit ihrem Geld wirklich etwas Vernünftigeres anfangen.
Der Tag der Enthüllung naht…
Diesmal ist Onkel Dagoberts Denkmal nur genauso groß. Das wird einen schlechten Eindruck machen.
Ja!
Das Denkmal des Maharadschas wird zuerst enthüllt…
Alles pures Gold!
Zehn Meter hoch!
Wie der Turban glitzert!
Sind ja auch Diamanten!
Das kann sich der Bankier nicht leisten. Das nicht!

Es knistert vor Spannung, als dann Onkel Dagoberts Denkmal enthüllt wird…
Ooooh, nur ein Zylinderhut!
Haha, zu mehr hat's nicht gereicht.
Lacht nur! Wer zuletzt lacht, lacht am besten.
SPRONG
Er hat's hydraulisch aus der Erde gehoben.
Zwanzig Meter ist es hoch!
Aus Platin, mit Edelsteinen besetzt!
DAGOBERT
Und die Augen! Aus echten Saphiren, groß wie Wagenräder!
DAGOBERT DUCK
Ausgerechnet jetzt wird Onkel Donald ohnmächtig! Versäumt den tollsten Augenblick seines Lebens!
Was sagt mein Schatzkanzler? Ich muß aufgeben?
Ja, wir sind vollkommen pleite.
Im Namen des Gesetzes! Ich muß Ihre Gewänder pfänden. Gehen Sie in Ihr Hotel, und ziehen Sie sich sofort aus!

Bald darauf erhält Onkel Dagobert Besuch...
Ah, der Herr Maharadscha! Hocher-freut!
Nehmen Sie doch bitte Platz, mein Guter! Womit kann ich dienen?
Aha!
Sie sind also auch pleite, wie ich sehe.
Ich?
Das ist nur mein Panzerschrank für Kleingeld.
Großes Geld hebe ich im Keller auf. Einhundert Kubikmeter gehen hier rein.
Später...
Gib ihm doch eine Kleinigkeit, Onkel Dagobert! Daß er sich wenigstens einen Kaffee kaufen kann.
Ich? Du spinnst wohl? Ich schmeiß' doch mein Geld nicht zum Fenster raus.
ENDE

WALT DISNEY presents
UNCLE $CROOGE
in "ONLY A POOR OLD MAN"
Der arme reiche Mann
Was würdest du, lieber Leser, tun, wenn du der reichste Mann der Welt wärst? Nicht leicht zu sagen! Onkel Dagobert ist der reichste Mann der Welt. Sieh dir an, was er mit seinem Geld tut...
Es ist mir ein Hochgenuß, wie ein Seehund hineinzuspringen!
PEGEL
30 m
29 m
Sein Neffe Donald hat sich mit dieser sonderbaren Vorliebe seines Onkels abgefunden...
Ja, ja, ich weiß schon, Onkel Dagobert... und wie ein Maulwurf darin herumzuwühlen...
Blubb, blubb, blubb.
...und es in die Luft zu schmeißen, daß es mir auf die Glatze prasselt.
Du bist vielleicht etwas verdutzt, lieber Leser, aber jeder kann schließlich mit seinem Geld machen, was er will.
So, jetzt fühl' ich mich für den ganzen Tag erfrischt! Die Arbeit kann beginnen.
Ich wollte schon immer einmal ein ernstes Wort mit dir reden. Ich habe das Gefühl, du brauchst den Rat eines erfahrenen Mannes.
GELD-SPEICHER EINTRITT VERBOTEN!

Ein Mann in deinem Alter muß allmählich Erfolg haben — so wie ich.
Du meinst, er muß reich sein?
Ja, wenn du es so nennen willst, es gibt keine größere Annehmlichkeit als ein Vermögen, so wie ich es mein eigen nenne.
BZZZZ
Moment mal!
MEIN ERSTER TALER
MEIN ERSTER KREUZER
BANG
Hat ihn schon! Eine Motte!
Diese Biester sind nicht ungefährlich. Ernähren sich mit Vorliebe von Banknoten.
Aha!
CLICK!
Hat ihn schon! Eine Ratte! Auch ein sehr unangenehmes Tier! Zernagt mit Leidenschaft Geldscheine.

Wo war ich gerade stehengeblieben? Also... es gibt nichts Angenehmeres, als reich zu sein... sehr reich.
Du meinst damit Sicherheit, sorgenfreies Alter und so was alles?
Allerdings! Ich mei...
Moment mal!
Spinnen sind auch nicht so harmlos, wie manche glauben. Verursachen häufig Kurzschluß an Alarmanlagen!
Also, wie gesagt... du mußt aufhören, Geld auszugeben, und anfangen, eisern zu sparen.
BAM!
ZIP
Das schlimmste Mottenjahr meines Lebens!
Schalen Genüssen, als da sind Rauchen, Reisen, Kinolaufen und so weiter und so fort, mußt du entsagen. Dafür wirst du die wahren Freuden des Lebens kennenlernen... so wie ich.

Du meinst, wenn ich ein Vermögen aufgehäuft hätte, dann könnte ich darin herumschwimmen — und wühlen wie du?
Na und? Ist das vielleicht nichts?
Während du oft nicht weißt, wo du morgen das Essen hernehmen sollst, genieße ich die Freuden.
CLANK
RATTLE
GRIND
Was zum Teufel ist das?
Um Gottes willen! Jemand hat den Bauplatz neben meinem Geldspeicher gekauft... und da kommen sie schon angerückt und fangen an zu bauen.
Die Belebung des Baumarktes ist doch sehr zu begrüßen?
Ach du heilige Einfalt! Ein Gebäude auf diesem Platz könnte ein Vorwand für den größten Bankraub der Weltgeschichte sein.
BANKHAUS D. DUCK
Versteh' ich nicht!
Wer in dem Gebäude neben mir wohnt, hat Gelegenheit, Löcher in meine Hauswand zu bohren und mein ganzes Geld abzuzapfen.
Wehe, wehe mir Unseligem! Auf meine alten Tage arm... bettelarm!

Onkel Dagobert hat einen Nervenzusammenbruch. Ich will zu seiner Beruhigung einmal sehen, wer da überhaupt bauen will.
Man soll nicht immer gleich das Schlechteste von allen Leuten denken.
O weh, das ist freilich etwas anderes!
Stell noch mehr Leute ein! Wir brauchen einen besonders großen Keller für unseren Neubau.
Neubau ist gut! Har! Har! Har!
176-824
PANZER-KNACKER AG
176-825
PANZER-
AG
Das sind die schlimmsten Gangster im ganzen Land. Ich fürchte, das wird Verdruß für Onkel Dagobert geben.
Nimm alle Kraft zusammen, Onkel Dagobert, es sind die Panzerknacker!
Die Panzerknacker! Sie sind noch mein Tod!!
Nagetiere und Insekten bedrohen mich im Innern und jetzt noch diese Banditen von außen! Es ist zuviel für einen alten Mann!

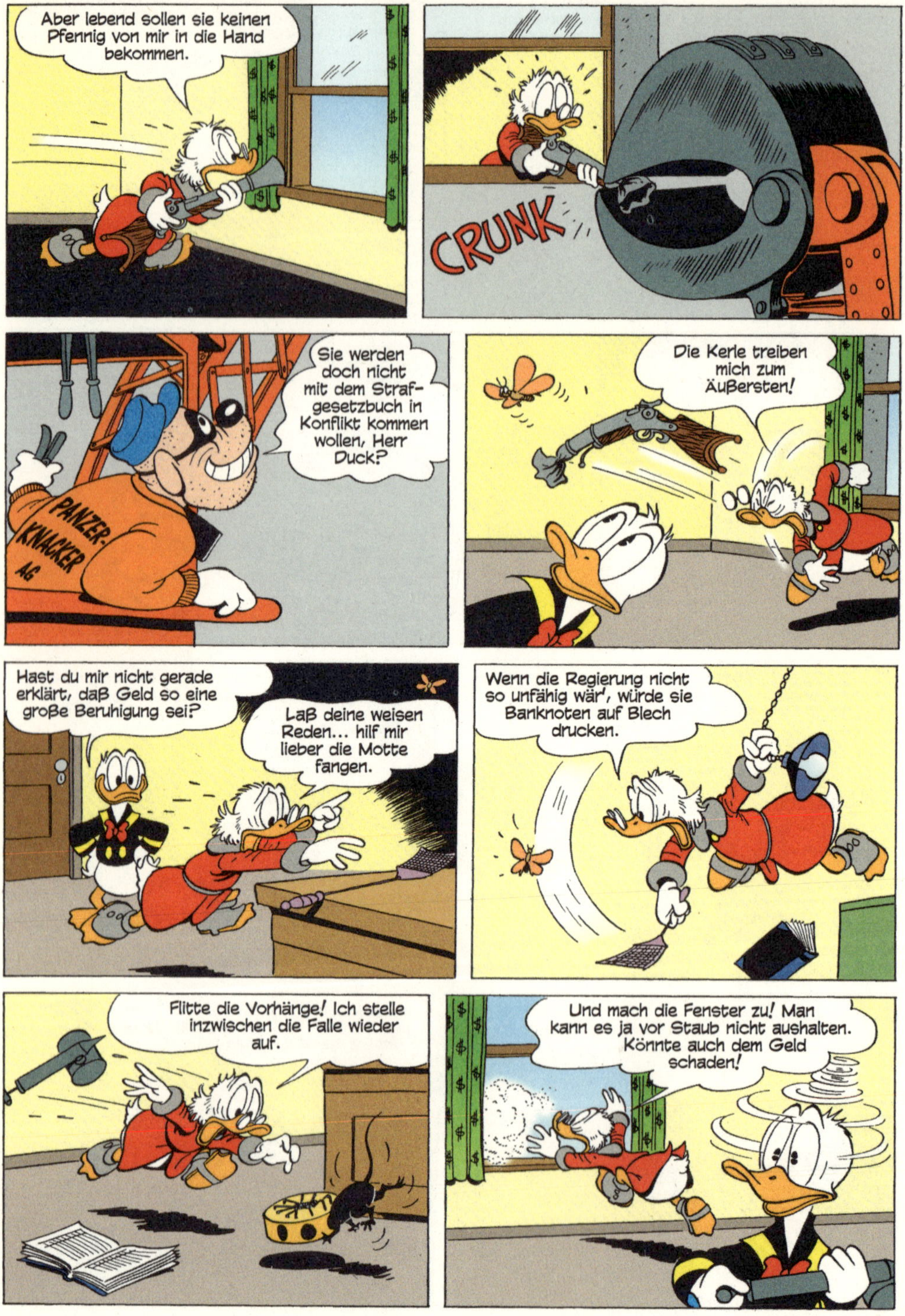

Aber lebend sollen sie keinen Pfennig von mir in die Hand bekommen.
CRUNK
Sie werden doch nicht mit dem Strafgesetzbuch in Konflikt kommen wollen, Herr Duck?
PANZER-KNACKER AG
Die Kerle treiben mich zum Äußersten!
Hast du mir nicht gerade erklärt, daß Geld so eine große Beruhigung sei?
Laß deine weisen Reden... hilf mir lieber die Motte fangen.
Wenn die Regierung nicht so unfähig wär', würde sie Banknoten auf Blech drucken.
Flitte die Vorhänge! Ich stelle inzwischen die Falle wieder auf.
Und mach die Fenster zu! Man kann es ja vor Staub nicht aushalten. Könnte auch dem Geld schaden!

Nach fünf Minuten...
Hallo...? Tick, Trick und Track...? Kommt sofort in Onkel Dagoberts Büro und helft mir! Der alte Knabe ist mir unter den Händen ohnmächtig geworden.
Und bringt dem armen Geizkragen ein Butterbrot mit! Er hat sicher seit einer Woche keine Zeit mehr zum Essen gehabt.
Später...
Schätze, ihr möchtet gern wissen, warum ich so an meinem Geld hänge.
Ja, das hätten wir schon immer gern gewußt.
Nun — so hört denn! Jedes Geldstück, das ihr seht, hat für mich eine Geschichte.
Wie bist du denn überhaupt so entsetzlich reich geworden, Onkel Dagobert? Warst du bei einer Bank?
Bei einer Bank? Pah! Ich hab' mein Vermögen sauer verdient... auf den Goldfeldern in Alaska... in den Zinngruben von Malaya...
Ich bin reich geworden, weil ich zäher war als die Zähsten und schlauer als die Schlausten. Und ich bin ein ehrlicher Mann dabei geblieben.
Dieser Silberdollar — 1898! Ich hab' ihn in Klondyke erworben.
Habe Gold gewaschen... auch im Winter bei hartem Frost mit blutenden Händen. Viele Säcke voll Gold schleppte ich nach Haus, statt alles wie die anderen in den Spielhöllen und Tanzlokalen zu verjubeln.
POTKINS POKER-SPIELKLUB
CASINO
TANZSAAL
Seht mal, Herr Knauserig!

Und dieser Peso hier – 1892! Den hab' ich in Argentinien verdient. Da war ich Cowboy. Aber in Wirklichkeit trieb ich meine geologischen Studien.
Meine Kollegen wollten sich totlachen, als ich mir einen Claim absteckte, weil er nur aus Sand und steinigen Hügeln bestand.
HAR! HAR!
Aber ich war ja nicht müßig gewesen. Ich wußte, daß unter der kärglichen Oberfläche eines der größten Kupfervorkommen der Welt lag.
Ihr wärt auch in diese Dingerchen verliebt, wenn ihr sie so sauer verdient hättet wie ich. Ich mußte schärfer nachdenken, schneller zugreifen als die anderen, mußte...
Denk lieber jetzt scharf nach! Die Panzerknacker arbeiten wie die Wilden.
Ach was, Panzerknacker! Lächerliches Diebsgesindel! Ich habe wieder Kräfte gesammelt. Laß sie nur kommen!
Gibt es denn keine Möglichkeit, ihnen das Bauen zu verbieten?
Naive Vorstellung vom Leben!
Nein, ich muß mein Geld woanders hinbringen, und ich werde es tun.
Aber das geht doch nicht! Das sieht doch jeder.

Man wird dich auf offener Straße berauben.
Nein, das wird man nicht! Ich werde sie überlisten, wie damals die Straßenräuber in der Mongolei... los, versteckt euch!
Ihr, Kinder, folgt dem Lastwagen und stellt fest, wo sie den Bauschutt abladen.
Und du, Donald, gehst in ein Kaufhaus und kaufst für mich ein — ich gebe dir eine genaue Liste!
Das Gespräch mit den Kindern über die alten Zeiten hat mir gutgetan. Ich fühle mich taufrisch. Mir ist, als könnte ich wie früher die Welt aus den Angeln heben.
Trallala!
Später...
Die Gangster versenken...
...den Bauschutt...
...in dem alten Staubecken am Kuckucksberg.
Gut — ich kaufe das Gewässer! Rufe gleich einmal den Besitzer an — mit R-Gespräch natürlich.
In derselben Nacht...
Nur nicht weich werden, Donald, fest zugeschlagen! Das Loch in der Wand ist gleich fertig.
Tick, Trick und Track, ihr reicht uns im gegebenen Moment die Rutsche und die Klapptür.
Ja,
Onkel
Dagobert!

Am nächsten Morgen ist die Panzer-knacker-Bande weiterhin mit dem Ausheben der Baugrube beschäftigt...
CLANK
TOOT
THUD
BONG
BANKHAUS D. DUCK
Mir ist noch nicht recht klar, was du eigentlich vorhast, Onkel Dagobert.
Hihi, hör zu.
Hast du nicht bemerkt, daß die Lastwagen immer an derselben Stelle halten, um beladen zu werden?
BANKHAUS D. DUCK
Siehst du, genau an der Stelle hab' ich die Rutsche und die Klapptür angebracht. Paß auf, ich zieh' an diesem Strick...
TINKLE!
TINKLE!
...und jetzt werden sie den Bauaushub auf mein Geld schmeißen und alles zum Stausee fahren.
CLICK
Meine Hochachtung, Onkel Dagobert! Du bist ein Genie!
Tja — so lasse ich die Herren von der Panzerknacker AG eigenhändig mein Geld in Sicherheit bringen.

Die Gangster fahren und fahren…
Unbegreiflich, wieviel Fuhren das bißchen Kelleraushub ausmacht!
Aber endlich…
So – jetzt sind wir soweit! Wir können mit dem Bauen beginnen.
Und dann… Junge, Junge!
Nach einigen Tagen angestrengter Arbeit…
Morgen zapfen wir dem alten Duck seinen Geldspeicher an!
BANKHAUS D. DUCK
Der große Augenblick ist gekommen…
Nehmt eure Flossen weg! Hier wird nicht geklaut. Es kriegt jeder genug.
Verflixt! Leer!
176-830
Inzwischen war Familie Duck auch nicht müßig gewesen…
Vergrabt die Tellerminen rund um den See! Das ganze Ufer muß abgesperrt werden.
Und du, Donald, hängst an jeden Baum etliche von diesen Sprengkörpern! Kein Mensch darf unbemerkt in die Nähe des Stausees kommen.
Ihr kriegt eure Arbeit natürlich bezahlt. Dreißig Kreuzer die Stunde! Das ist der Tarif für leichte Handarbeit.

Die Panzerknacker werden Wochen brauchen, ehe sie rausbringen, was aus meinem Geld geworden ist.
Inzwischen kann ich es in aller Ruhe wieder aus dem Wasser fischen.
CHUG CHUG
Ein köstlicher Anblick! Köstlich, köstlich!!!
Oben ist es, aber was mach' ich jetzt damit?
Wenn ich es zum Trocknen am Ufer ausbreite, könnte es jemand sehen.
Und wenn ich es wochenlang im Wasser lasse, vermodert es.
Wie konnte ich nur so unüberlegt handeln?

Mal nachdenken... als ich damals in den spanischen Gewässern den versunkenen Schatz geborgen hab', hab' ich doch auch Papier auf dem Meeresgrund gefunden...
...alte Karten und Briefe, vorzüglich erhalten, weil sie in Einmachgläsern aufbewahrt waren...
Das ist die Masche! Ich werde meine Geldscheine einmachen und den ganzen Krempel wieder auf den Grund des Sees versenken.
Na, ist das nichts? Ein ganzer See voll Geld mit einer dünnen Schicht Wasser obendrauf, so daß niemand etwas merkt!
Alles geht gut, und nach einigen Wochen harter Arbeit sieht der Stausee wieder so aus, als könnte er kein Wässerlein trüben...
Ich muß schon sagen, besser hättest du dein Geld nicht verstecken können, Onkel Dagobert.
Na ja...
...ganz vollkommen ist es nicht. (Seufz!) Etwas fehlt!
Was denn?
Tja, man hängt an seinen Gewohnheiten! Ich vermisse mein tägliches Bad, das Geldbad meine ich.

Ich kann schließlich nicht auf dem Grund des Sees baden. Ich bin doch nicht Hans Hass!
Jedoch, komm, Donald, man könnte vielleicht ein kleines Inselchen herausbaggern, gerade groß genug, um darin herumzubuddeln.
Das ist aber sehr unvorsichtig, Onkel Dagobert. Wenn dich jemand sieht!
Muß ich riskieren! Was nützt mir all mein vieles Geld, wenn ich es nicht genießen kann!
Die Herren der Panzerknacker AG sind dabei, ihren Plan aufzugeben…
Wir haben die ganze Stadt ausbaldowert. Der Zaster ist weg.
Wie hat der Alte das nur gedeichselt? Und wo hat er die Kröten versteckt?
Ich bin schon halb verrückt vom Nachdenken.
Und ich bin schon ganz verrückt! Ich hab' genug, ich geh' jetzt angeln.
Der ist wirklich vollkommen verrückt.
PANZER-KNACKER AG
Wo willst du überhaupt angeln?
Am alten Stausee! Da hat's früher immer fette Aale gegeben.
BELOHNUNG
PAPA
176-831
PANZER-KNACKER AG
So führt der Zufall manchmal zu großen Entdeckungen…
Bleibt in der Nähe, falls mir was zustößt.

Aah, Geld! Es ist mir ein Hochgenuß, wie ein Seehund hineinzuspringen...
...und wie ein Maulwurf darin herumzuwühlen...
...und es in die Luft zu schmeißen, daß es mir auf die Glatze prasselt.
Donnerwetter, seit wann ist denn hier ein Zaun?
ZUTRITT VERBOTEN!
Und überall die Erde aufgewühlt... und die komischen Dinger an den Bäumen... kommt mir sehr verdächtig vor.
Wegen der paar lumpigen Aale macht man doch nicht so 'n Theater! Das muß ich aus- baldowern.
Mensch Meier!
176-831
Jetzt aber los!

Ich fühle mich wunderbar erquickt — nun wollen wir die Insel wieder verschwinden lassen.
Nach einigen Minuten...
Kein Mensch darf auch nur ahnen, daß hier zig Millionen friedlich auf dem Grunde des Sees schlummern.
Um auf unser Gespräch zurückzukommen, mein lieber Donald, streng dich an und werde reich! Geld beruhigt.
Du meinst, wer reich ist, kennt keine Sorgen?
Sehr richtig!
Du genießt dann Ruhe und Sicherheit, so wie ich. Dazu kommt noch das Vergnügen, ab und zu in seinem Geld baden zu können.
Klingt sehr überzeugend!
Also, Kinder, ich denke, es ist jetzt alles in Ordnung. Ich kann nunmehr eure Hilfe entbehren.
Rechnet zusammen, was ich euch an Lohn schulde. Ich pflege bar zu bezahlen.
Wir haben es schon ausgerechnet, Onkel Dagobert.
Du schuldest uns achtzig Taler.
Achtzig Taler!

Das ist furchtbar viel Geld, wenn man sich so plötzlich davon trennen soll.
Die Löhne heutzutage sind verheerend. Es muß doch eine Möglichkeit geben, den Tarif zu drücken.
Gehandelt wird nicht mit uns!
Halt, ich hab's! Ihr dürft nach euerm Geld angeln.
Hier! Jeder von euch kann seine Angel mit dem Geldbeutel auswerfen. Und alles, was ihr fangt, dürft ihr behalten.
Scheint ein gutes Geschäft zu sein.
Es ist ein gutes Geschäft – für mich! Das ist nämlich die Stelle, wo ich das Kleingeld versenkt hab'.
Auf geht's!
Hoffentlich angle ich eine Million Taler.
Dürfen wir auch angeln?
Die Panzerknacker! Das ist mein Ende!

Die Panzerknacker haben unser Geheimnis entdeckt. Jetzt werden sie kommen: mit Panzern, mit Hubschraubern, mit was weiß ich! Sie werden kommen und mir alles, alles wegnehmen. Das überleb' ich nicht.
Mach nicht so ein Affentheater! Seit wann werden in aller Öffentlichkeit Raubüberfälle veranstaltet? Schließlich gibt's ja noch die Polizei.
Ach, die Polizei! Die ist hier machtlos. Die Panzerknacker sind zu gerissen. Weh mir! Wehe!
Ich flehe euch an, verlaßt mich nicht! Steht mir bei! Helft mir, mein Geld zu retten!
Junge, Junge, hier tut sich was!
Kurz darauf erreicht Onkel Dagobert eine neue Schreckensnachricht...
Lies bloß, was in der Zeitung steht, Onkel Dagobert!
Die Panzerknacker haben die Grundstücke auf der andern Seite des Damms aufgekauft.
Allmächtiger! Dann haben sie die Absicht, den Damm zu zerstören.
Holt die Gewehre! Ladet die Kanone! Wir müssen auf das Schlimmste gefaßt sein.
Jenseits des Dammes liegt ein flaches, sandiges Gelände, sehr geeignet, um Geld aus dem Wasser zu fischen...

Onkel Dagoberts Verdacht, daß die Panzerknacker den Damm zerstören wollen, erweist sich leider als richtig.
Um Gottes willen, Onkel Dagobert, was ist das?
Fesselballons! Mit einer Art Linse im Schlepptau.
???
SST!
Es ist ein riesiges Brennglas, das unseren hölzernen Staudamm in Brand setzen soll.
Worauf wartest du noch, Donald? Achtung! Feuer!
BOOM
CRASH
So, der Plan wäre vereitelt!
!!
Onkel Dagobert!

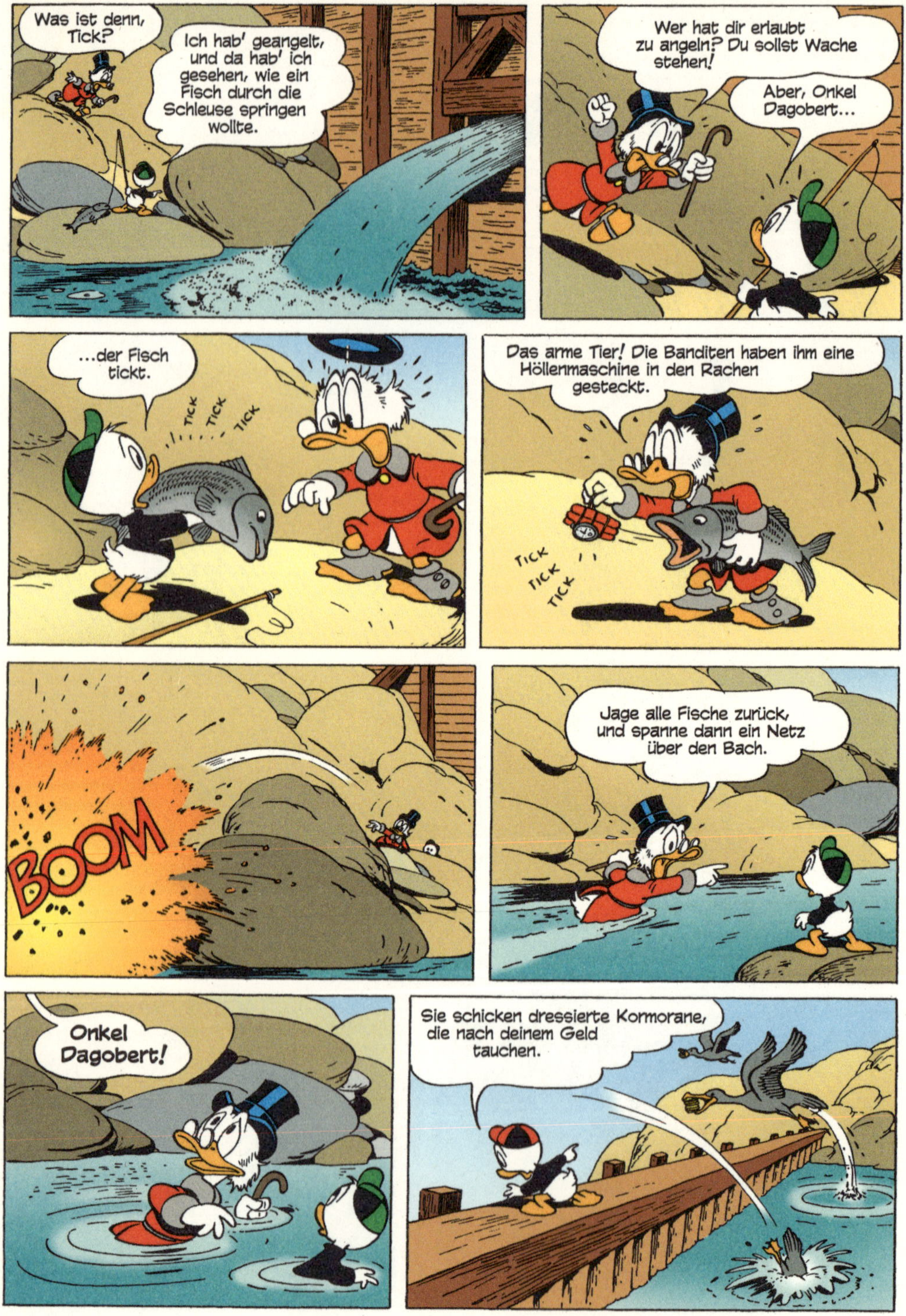
Was ist denn, Tick?
Ich hab' geangelt, und da hab' ich gesehen, wie ein Fisch durch die Schleuse springen wollte.
Wer hat dir erlaubt zu angeln? Du sollst Wache stehen!
Aber, Onkel Dagobert...
...der Fisch tickt.
TICK TICK TICK
Das arme Tier! Die Banditen haben ihm eine Höllenmaschine in den Rachen gesteckt.
TICK TICK TICK
BOOM
Jage alle Fische zurück, und spanne dann ein Netz über den Bach.
Onkel Dagobert!
Sie schicken dressierte Kormorane, die nach deinem Geld tauchen.

Auf diese Weise werden sie keine nennenswerten Beträge ergattern. Da steckt etwas Schlimmeres dahinter.
Beobachte nicht die Kormorane, die wegfliegen, sondern die, die kommen.
Ich hab' schon kapiert, was du meinst, Onkel, da kommt einer mit einer Luftmine.
Twiet!... Japper!... Quack! Phonk!... Honk!
Sie drehen eine Schleife und fliegen zurück.
Hab' ich ihnen befohlen.
Ich kann nämlich Kormoranisch. Hab' Tausende von diesen gelehrigen Vögeln ausgebildet, damals, als ich in Ostasien Perlen fischte.
WHOOSH
Sie haben die Minen auf die Gangster abgeworfen.
Was sonst? Hab' ich ihnen auch befohlen.

Steht hier nicht so dußlig herum! Noch ist nichts verloren. Wir schreiten nunmehr zu Plan Nummer vier.
PANZER-KNACKER AG
Wenn ich mir die Wolken am Himmel betrachte, kann ich mir denken, was die Kerle vorhaben.
Donald, wickle den Kupferdraht fest um die Kanonenkugel und schieß sie zu den Panzerknackern hinüber!
BOOM!
Und du, Tick, geh zu der Hütte dort, und hol einen Blitzableiter! Den größten, den du finden kannst!
Es brummt so. Ob Flugzeuge über uns sind?
Was sonst? Die Panzerknacker laden die Wolken auf.
Damit es ein Gewitter gibt! Sie wissen, daß Geld den Blitz anzieht. Sie sind ja nicht dumm.
Aber darauf bin ich vorbereitet. Darum der Blitzableiter!
Au!
Seht ihr, dazu hab' ich den Kupferdraht gebraucht!

Der Alte ist nicht von Pappe. Hat uns alles verkorkst.
Bis jetzt hat er nur Schwein gehabt. Wir werden ihm die Tour schon vermasseln.
176-838
PANZER-
PANZER-
PANZER-KNACKER
Da, sieh mal die Fahne auf unserem Labor! Bedeutet, daß Nummer 176-840 mit Plan fünf zu Rande gekommen ist.
Unsere Geheimwaffe!
LABOR
PANZER-KNACKER AG
Im Labor...
Das ist die neue Superrasse, die ich gezüchtet hab'.
Sehen aus wie Marienkäferchen!
176-840
Tja, bringen aber kein Glück! Wenn wir sie dem alten Duck in seinen Damm praktizieren, ist er geliefert.
176-840
PANZER-
Prima! Und nun Punkt zwei von Plan fünf: die Pressenotiz!
176-830
PANZER-KNACKER AG
LABOR EINTRITT VERBOTEN!
Am nächsten Morgen...
Donner und Doria! Hier steht, daß hölzerne Dämme sehr leicht von Holzwürmern vernichtet werden können.
Holzwürmer! Ich hab' die Holzwürmer vergessen! Sicher tummeln sich Millionen dieser Schädlinge in meinem Damm herum.
Donald, du mußt sofort in die Stadt und etwas kaufen — irgendwas — was diese entsetzlichen Tiere abtötet.

Auf diese Weise wurde der alte Dagobert Duck in die Falle gelockt...
NEUHEIT! BEKÄMPFUNG VON HOLZWÜRMERN DURCH HOLZWURMFEINDLICHE SPEZIALINSEKTEN!
Das ist genau das, was ich brauche.
Sie brauchen unsere Spezialinsekten nur auf das befallene Holz zu streuen, und in kürzester Frist sind Ihre Holzwürmer vernichtet.
Wie praktisch! Ich nehme das ganze Glas.
Ich versteh' die Sache mit Plan fünf nicht. Was sind denn das für Spezialinsekten, die aussehen wie Marienkäfer?
Holzwürmer, du Depp! Eine von mir gezüchtete Rasse.
Daher...
Macht euch nur gleich an die Arbeit, ihr Tierchen!
Die gehen ran wie Blücher.
Nanu? Die fressen ja Holz! Sollen sie das wirklich?
Nein! Dieser Zettel erklärt alles. Er hat auf dem Grund des Glases gelegen.
„Besten Dank für prompten Einsatz unserer Super-Holzwürmer. Hoffen, spätestens morgen früh im Besitz Ihrer Moneten zu sein. Hochachtungsvoll! Panzerknacker AG."
Ich bin entsetzt!

Die ganze Nacht hindurch wird auf beiden Seiten fieberhaft gearbeitet, um den Ereignissen gewachsen zu sein...
Hebt Becken aus, in denen sich der Zaster absetzen kann!
Wird gemacht, 176-838!
Probier es mal mit dem Birkenhaarwasser, Donald! Vielleicht hilft das.
Zu spät, Onkel Dagobert! Die Balken sind durchlöchert wie ein Sieb.
Die Holzwürmer vermehren sich auch noch. Sie kriegen alle vier Minuten Junge.
Holt Holzstämme herbei! Wir müssen schneller neue Stützbalken einziehen, als sie die alten auffressen können.
Hilft alles nichts! Sie sind schneller als wir.
Kurz vor Sonnenaufgang...
Alles zurück aus der Schlucht! Die Hauptstütze gibt nach.
Der ganze Damm wackelt schon.
CRACK

Komm, Onkel Dagobert, hilf mit, Felsen in die Schlucht zu rollen.
Es hat ja doch alles keinen Zweck mehr. Laßt mich.
RUMBLE
POP
Rette sich, wer kann! Der Damm bricht!
Hört sich an wie fernes Donnergrollen.
Werd nicht poetisch, Ede, die Pinke kommt.
ROAR

Gold und Silber lieb' ich sehr...
Daher...
So bequem kriegt man die Kröten nicht oft vor die Füße geschmissen.
Tja — den Seinen gibt's der Herr im Schlaf!
Ich bin ein geschlagener Mann! All mein Geld ist weggeschwemmt!
Aber du mußt es doch wiederkriegen! Wozu leben wir in einem Rechtsstaat?
Du kennst die Rechtslage nicht, lieber Donald. Die Panzerknacker AG hat das ganze Land unterhalb des Stausees käuflich erworben.
Nach dem geltenden Wasser- und Seerecht gehört ihr alles, was dort angeschwemmt wird. Sie brauchen es nur polizeilich anzumelden.
Sauberes Gesetz!
Har! Har! Jetzt sind wir die reichsten Männer der Welt!
Der alte Duck kann stempeln gehn!
Hört nur, wie sie angeben und sich dicke tun, weil ich ihnen auf den Leim gegangen bin!

Ich bin eben alt! Zu alt, um mit den neuen Tricks fertig zu werden!
Die Tricks aus der guten alten Zeit, die hab' ich gekannt!
Die hab' ich aus dem Effeff gekannt... wenn ich denke... damals, in Bagdad...
Kopf hoch, Donald! Wir wollen unseren Nachbarn zu ihrer Erwerbung gratulieren.
Ich ihnen gratulieren? Niemals!
Onkel Dagobert führt etwas im Schilde.
Sollten wir nicht lieber gleich zur Polizei gehen und alle Formalitäten erledigen?
Klar — aber wart mal! Da kommt der alte Duck. Mal sehen, wo ihn der Schuh drückt.
176-836
PANZER-KNACKER AG
176-840
Ich komme, um Ihnen zu gratulieren, meine Herren. Meine Hochachtung! Es war ein harter, aber fairer Kampf!
PANZER-KNACKER AG
Sie sind uns nicht böse, Herr Generaldirektor?
Nicht im geringsten! Ich bewundere menschlichen Geist, wo immer ich ihn auch antreffe.
176-840

Zu meiner Zeit war ich auch nicht der Dümmste. Aber jetzt ist meine Birne eben doch schon ein bißchen weich geworden.
Hi! Hi!
176-83
PANZER-KNACKER AG
Können Sie Ihrem Herzen nicht einen Stoß geben und einem alten Mann einen letzten Gefallen tun?
Ja... warum nicht?
Ich möchte zu gern noch ein einziges Mal in dem Geld baden, ehe Sie es wegschaffen.
Was? Sie wollen in dem Zeug baden?
Ja, das hab' ich seit Jahren jeden Tag getan. Es war mein einziges Vergnügen.
176-840
PANZER-KNACKER AG
Drollige Idee! Gut — ist genehmigt!
176-840
PANZER-KNACKER AG
ZOOM
Das ist ja ein toller Bruder!
So wird's gemacht, meine Herren! Ein Hochgenuß, wie ein Seehund hineinzuspringen...

...und wie ein Maulwurf darin herumzuwühlen...
...und es dann in die Luft zu schmeißen, daß es einem auf die Glatze prasselt.
Raffinierte Brüder, diese Kapitalisten!
176-824
176-840
Tja — gelernt ist gelernt! Probieren Sie es doch auch, meine Herren! Es ist doch jetzt Ihr Geld.
Der alte Knabe hat recht.
Plutokraten verstehen etwas von den Genüssen des Lebens.
176-837
PANZER-KNACKER AG
ZOOM!
PANZER-KNACKER AG
CRACK

Wie eigenartig! Bei diesen Herren hat's gebumst, als wenn sie gegen etwas Hartes gestoßen wären.
Faß mal ihre Köpfe an! Wie weiche Birnen!
Die werden wochenlang bewußtlos sein.
Monate! Und bedenke, daß ihnen das passieren mußte, ehe sie das Geld bei der Polizei anmelden konnten... zu traurig! Dz! Dz!
Onkel Dagobert, wie machst du es denn, daß du dir nichts tust, wenn du in dein Geld springst?
Mein Geheimnis! Leicht ist es übrigens nicht.
Doch nun genug des Geschwätzes! An die Arbeit! Holt Lastwagen und Bagger, und schafft das Geld wieder auf mein Grundstück!
Auf diese Weise bekam Onkel Dagobert sein ganzes Geld zurück, und alles ist wieder so, wie am Anfang unserer Geschichte...
Wenn du nichts dagegen hast, Onkel Dagobert, dann möchten wir jetzt unseren Lohn haben und nach Hause gehen.
Schon?

Wir müssen doch noch unser Gespräch über die Annehmlichkeiten des Reichtums zu Ende führen.
Dein Gerede hängt mir kreuzweise zum Halse heraus! Zahl uns sofort unseren Lohn!
Du kapierst es vielleicht nie, Onkel Dagobert, aber dein vieles Geld ist ein Alptraum für einen normalen Menschen. Ich bedaure dich. Du bist ein armer reicher Mann. Grüß Gott!
Pah, Narrengeschwätz! Kein Mensch ist arm zu nennen, der ab und zu tun kann, was ihm Spaß macht.
Und mir macht es eben Spaß, wie ein Seehund in mein Geld zu springen...
...und wie ein Maulwurf darin herum-zuwühlen...
...und es in die Luft zu schmeißen, daß es mir auf die Glatze prasselt.

WALT DISNEY'S
UNCLE $CROOGE
Ich bin Vertreter für Silberpolitur.
Grunz!
Verwenden Sie Blinkol und Ihr altes Silber glänzt wie neu! Nur ein Taler die Flasche!
Vertreter übertreiben alle. Ich kenne das. Ist Ihre Politur wirklich so gut?
Unbedingt!
Sie haben doch sicher ein paar alte Silbermünzen zur Hand. Ich verleihe ihnen vor Ihren Augen neuen Glanz.
Abgemacht!
Stehen Sie nicht so müßig rum, Mann, tummeln Sie sich!

WALT DISNEY'S
UNCLE SCROOGE
Bitte eine kleine Gabe, Chef! Nur einen Kreuzer für eine Tasse Kaffee!
Später — derselbe Typ, derselbe Ort…
Bitte, Chef! Nur einen Kreuzer für eine Tasse Kaffee!
Und wiederum…
Bitte, Chef! Nur einen Kreuzer für eine Tasse Kaffee!
Ihre Hartnäckigkeit imponiert mir. Die Tasse Kaffee ist genehmigt. Kommen Sie!
Eine Tasse Kaffee, bitte!
1 TASSE 1 KREUZER
DIE 2. TASSE AUF KOSTEN DES HAUSES!
Ist das ernst gemeint?
Aber klar doch!
Dann geben Sie dem braven Mann hier die zweite Tasse!

WALT DISNEY'S
UNCLE SCROOGE
Der Bison interessiert mich. Könnten Sie mir seine Vorzüge genauer erklären?
Aber gewiß doch!
BISON 8-ZYLINDER
Also: limitiertes Sondermodell, fleckensichere und nicht entflammbare Polsterung, selbstentleerende Ascher...
Abfederung der Stoßdämpfer durch feinsten Plüsch, konstanter frischer Veilchenduft im Wageninnern!
Erstaunlich! Und der Benzinverbrauch?
Mein Herr, dieser Wagen braucht auf hundert Kilometer nur einen Liter.
Vielen Dank für die Information! Wenn man Geld in einen Wagen investiert, will man ja wissen, was man kriegt.
? ? ?
Ich denke, ich kann für den Bison etwas riskieren.
WÄHLEN SIE
HANS HOPF
LOTTERIE
HAUPTGEWINN:
EIN BISON 8-ZYLINDER
PREIS: 5 Kr.
Wie viele Lose dürfen's sein?
Eins!

KA-WAM

WALT DISNEY
presents
Donald Duck
Die Reisetaube
Junge Leute werden im Frühling leicht gefühlvoll…
Trali, trala, trallalala…
Ach, Donald, ich werde so schrecklich allein sein, wenn du morgen zur Möweninsel segelst!
Aber, Daisy, ich bin doch nur einen einzigen Tag fort.
(Seufz!) Aber der Tag wird mir entsetzlich lang werden. Viele, viele Stunden werde ich nichts von dir hören.
Das ist nicht zu ändern. Auf der Möweninsel gibt's kein Telefon.
Knaben haben im Frühling ihre besonderen Liebhabereien…
Turbodüse macht sich glänzend. Sie hat ihre Zeit schon wieder verbessert.
Und was sie für eine schicke Stromlinienform hat!
Sie ist eben ganz große Klasse. 10342 Flugkilometer hat sie jetzt hinter sich. Ihre Zeiten sind einfach fabelhaft.
Gekostet hat sie auch nicht viel. Dabei hat sie bei dem großen Rennen von Zürich nach Kopenhagen im vorigen Jahr den zweiten Platz belegt.
Schon! Aber der frühere Besitzer sagt, sie sei ein Versager, weil sie ihren Flug während des Rennens willkürlich unterbricht.
Das müssen wir ihr eben abgewöhnen. Wenn man nur wüßte, warum sie das tut.

Ach, Donald, gibt es denn gar keine Möglichkeit, wie du mir morgen eine Nachricht zukommen lassen könntest, damit ich nicht so viele Stunden allein bin?
Doch! Mir fällt was ein. Ich werde die Brieftaube von meinen Neffen klau... ich meine, borgen.
Eine Taubenpost! Wie romantisch!
Am nächsten Tag setzt Donald seinen abscheulichen Plan in die Tat um...
Ich segle heute zur Möweninsel. Ihr geht in den Keller und lest Saatkartoffeln aus! Marsch, an die Arbeit!
Aber, Onkel Donald...
Keine faulen Ausreden! Wer arbeitet, sündigt nicht!
Aber, Onkel Donald, wir haben wirklich keine Zeit. Wir müssen erst Turbodüse füttern.
Ich füttere sie schon. Marsch in den Keller, hab' ich gesagt!
Aber sie muß auch noch trainieren.
Ich sorge schon für ihr Training — und zwar nicht zu knapp! Hihihi!
Später...
Wenn die Buben wüßten, daß ich ihr Täubchen mitgenommen habe, würden sie platzen vor Wut.
Oh, schon Mittag! Höchste Zeit, daß Turbodüse startet. Daisy wartet sicher schon am Taubenschlag.

Ich mach' ein kleines Gedicht. So was macht immer großen Eindruck. „Lieblich sind die Augen dein, sie leuchten wie die Sternelein!"
Ich könnte noch stundenlang so weiterdichten, aber eine Reisetaube kann ja nicht viel tragen.
Also, schwirr ab, und trödle unterwegs nicht rum!
Ach, wie köstlich ist doch das Leben zur Maienzeit!
Zum Auswachsen!
Seht mal, was ich geschnitzt habe! Aus einer Kartoffel!
Eine Lokomotive!
Kommt, wir spielen Eisenbahn!
Tüt! Tüt!
Tüt! Tüt! Tüt! Tüt!
Ja, was kommt denn da angeflattert?
Turbodüse!
Tatsächlich!

Was ist? Warum bist du nicht in deinem Schlag?
Wer hat dich rausgelassen?
Sie hat ja einen Zettel am Bein!
„Liebe Daisy! Lieblich sind die Augen dein, sie leuchten wie die Sternelein! Dein Donald."
Aha!
Natürlich Onkel Donald!
Hetzt unser armes Täubchen für seine albernen Liebesbriefe ab!
So ein Taubenschinder!
Ich weiß, wie wir uns rächen. Hört mal zu!
„Liebe Daisy! Saatkartoffeln haben Augen, sind wie deine anzuschaugen! Dein Donald." Wie findet ihr das?
So, Turbodüse! Flieg damit zu Tante Daisy!
Der vergreift sich nicht noch mal an unserer Taube!
Übrigens, warum hat Turbodüse hier wohl eine Zwischenlandung gemacht?
Ja, eben?
Sie konnte uns in dem dunklen Keller doch nicht sehen.

Abends…
Und kehrt mit sinkender Sonne der Seemann zurück, empfängt ihn…
…zu Hause das große Glück! Ach ja, Daisy wartet sicher schon sehnsüchtig auf mich.
Stimmt!
CRASH!
DAISY DUCK
Aber, Daisy, was ist denn in dich gefahren? Hast du meinen Brief nicht bekommen?
Und ob ich ihn bekommen habe!
Du hast ihn auch schon zurückbekommen. Er war in der Vase…
Mir zu sagen, ich hätte Augen wie Saatkartoffeln! Unverschämtheit!
SLAM!
Wa… as?
„Saatkartoffeln haben Augen…"
Das waren die Kinder!
Auf irgendeine Weise haben sie es fertiggebracht, meinen Brief an Daisy zu vertauschen. Denen streich' ich wochenlang den Nachtisch.

Halt, nein! Das ist eine viel zu milde Strafe für so eine Teufelei.
DONALD DUCK
Es muß noch andere Möglichkeiten geben... irgend etwas, was sie ganz empfindlich trifft.
In den folgenden Tagen läuft Turbodüses Training auf Hochtouren...
Warum macht sie manchmal mitten im Rennen eine Zwischenlandung?
Es kann eigentlich nur einen Grund geben, wenn ich's mir recht überlege.
Los, sag's schon!
Wir haben doch Eisenbahn gespielt. Damals im Keller! Erinnert ihr euch noch?
Und da haben wir getutet wie ein Zug. Das, meinst du wohl, war's?
Sofort wird eine Pfeife besorgt und die Sache ausprobiert...
Tüüüt!
Klar, das ist es! Sobald sie einen Pfiff hört, unterbricht sie den Flug.
Ein Segen, daß wir das endlich wissen!
Allerdings! Ein großer Segen. Hihihi!
Die Kinder studieren die Termine für Reisetaubenrennen. Endlich haben sie das richtige gefunden...
Das Roßkogel-Rößlsee-Rennen geht über völlig menschenleeres Gebiet.
SPORTNACHRICHTEN
PREISGELD $

Hier, schaut her! Das ist die Route. Keine Eisenbahnen, keine Fabriken! Weit und breit nichts, was pfeift, tutet oder trillert!
Diesmal macht Turbodüse das Rennen! Wetten?
Klar! Bombensichere Sache!
Na, wir werden ja sehen, hihihi!
Auf dem einsamen Gipfel des Roßkogel ist der Start...
Goldpfeil ab: 8:02
Turbodüse ab: 8:02:5
Turbodüse geht sofort in Führung. Sie ist ganz zweifellos eine Reise-taube großer Klasse...
Einen Kilometer nach dem anderen fliegt sie zügig über Wälder und Felder, Flüsse und Berge...
Mit Abstand die erste, nähert sie sich Entenhausen...
Da ist sie ja!
TÜÜÜT!

Komm schon, mein Täubchen! Komm zum guten Onkel Donald!
Tüt! Tüt!
Später, als fast alle andern Tauben vorbei sind...
So, jetzt kannst du weiterfliegen.
Da kommt sie!
Meinetwegen!
Den neunundneunzigsten Platz hat sie.
Turbodüse, du hast uns schwer ent-täuscht!
Wo wir dir soviel Vitamine ins Futter getan haben und überhaupt...
Das war nicht nett von dir.
Donald versucht, sich mit Daisy aus-zusöhnen...
Na schön, ich verzeih' dir, aber nur unter einer Bedingung: daß die Taube, die mir den beleidigenden Brief gebracht hat, verkauft wird.
Im Ernst?
Später...
TRÜBSAL
Du kannst sie haben. Sie taugt ja doch nichts.
Ich kenn' jemanden auf der Möweninsel, der würd' sie gern kaufen.
So segeln Donald und Daisy also am nächsten Tag zur Möweninsel, um Turbodüse zu verkaufen...
Da fährt sie hin!
Unsere große Enttäuschung!
Die Niete!
Auf der Fahrt zur Möweninsel...
Huch, Donald, was kommt denn da?
Das ist eine sogenannte Windhose. Sie rast auf uns zu.

Hilfe! Gib ein Notsignal!
Glugg!
Womit? Ich hab' nichts dabei.
Wir sinken, Daisy. Leider!
Nein, Donald, das darfst du nicht zulassen!
Huhuhu, ich will nicht ertrinken.
Wart mal! Mir fällt was ein. Die Brieftaube!
Hastig kritzelt Donald was auf einen Zettel und läßt Turbodüse los…
Stopp nur nicht, wenn's irgendwo pfeift! Bitte, bitte!
ZOOM
Gleich an der Küste liegt eine Fischkonservenfabrik, wo gerade die Frühstückspause beginnt…
TOOOT
TWOOOOT
Die Botschaft!
Später…
Seht mal, da ist Turbodüse!
Zurück? Wieso denn?

Am Bein war offensichtlich ein Zettel angebunden. Aber der ist weg.
Onkel Donald würde keine Botschaft schicken, wenn er nicht in Gefahr wäre.
Wir müssen sofort den Zettel suchen.
Schwärmt aus, und sucht vor allem dort, wo es möglicherweise getutet hat.
Tick kommt auf diese Weise zur Fischkonservenfabrik...
Da! Auf dem Dach liegt ein Zettel. Das ist sicher die verlorene Botschaft.
FISCH
Einen Augenblick später...
„Hilfe, wir sinken! Drei Meilen östlich vom Seeigelriff! Donald und Daisy!"
Seenotdienst alarmieren!
Wurden sie gerettet? Aber natürlich! Und dann beginnen vielleicht Zeiten!
Ich tippe auf Turbodüse.
Blitzstrahl ab: 8:06
Turbodüse ab: 8:06:4
Die Tauben schwenken in weit auseinandergezogenem Schwarm in die Stadt ein. In wenigen Sekunden hören Sie das Ergebnis.
Da! Die Klingel ertönt! Es ist wieder einmal Turbodüse, die als erste den heimatlichen Schlag erreicht!
Stolz sitzt sie auf dem Flugbrett, auf dem Rassekopf die berühmten Ohrenschützer!
Man muß sich nur zu helfen wissen! Hahaha!
ENDE

Walt Disney presents
Donald Duck
Eine peinliche Enthüllung
Donald und seine Neffen haben sich schon oft gefragt, ob Vetter Gustav wirklich soviel Glück hat, wie er immer behauptet, und warum wohl.
Wir müssen uns auf die Lauer legen. Dann werden wir's schon rauskriegen.
Wenn er aus dem Haus kommt, gehen wir ihm nach und passen auf, ob er wirklich soviel Glück hat, wie wenn wir dabei sind.
Halt' ich für ausgeschlossen. Schon daß er alles, was er zum Essen braucht, umsonst bekommt, wie er immer behauptet, ist bestimmt pure Angabe.
Na, wir werden ja sehen.
Psst! Da kommt er. Will wohl einkaufen gehen.
Lustig ist das Zigeunerleben, fa-ria, faria-ja.
Aus seinem Korb ist ein Zettel herausgeflogen. Ah, sein Küchenzettel für heute.
Sehr gut, nun werden wir ja sehen, was er alles umsonst kriegt — wenn er überhaupt was kriegt.

Ganz hübsche Liste... ein Dutzend Eier, ein Brot, Schweinebraten, Apfelkuchen, ein Viertel Sahne und eine Hüpf-stelze.
Wenn er das wirklich alles umsonst kriegt, fress' ich einen Besen — mitsamt der Schaufel.
Hmm, Frau Meiers Henne, die immer die Eier verlegt, gackert verdächtig lebhaft.
PUT! PUT! PUT!
Eine Henne, die gackert, hat gewöhnlich ein Ei gelegt.
Ein ganzes Nest voll! Auf öffentlichem Grund und Boden! Gustav, Gustav, du bist ein Glückspilz!
Onkel Donald, steht auf Gustavs Liste nicht als erster Punkt ein Dutzend Eier?
Allerdings! Ein Dutzend Eier!
So toll find' ich das nicht. Um so ein paar Eier zu finden, braucht man keine übersinnlichen Gaben.
Du Flegel! Du unverschämter Kerl!
Aber, Liebling...
Grad' erst verheiratet, diese Müllers, und dauernd Krach!

Du bist schon wieder drei Minuten zu spät zum Mittagessen gekommen, du Flegel, du rücksichtsloser. Dafür schmeiss' ich das ganze Essen zum Fenster hinaus.
Ah, ein Brot! Auch noch ganz frisch!
ZOW
Hmm… Schweinebraten mit Soße und Kartoffeln… und alles schon angerichtet!
Und jetzt der Apfelkuchen… oh nein, den nicht!
SPLOK!
Warum hat denn Gustav den Kuchen nicht aufgefangen?
Weil's Blaubeerkuchen ist. Er will Apfelkuchen.
Na endlich! Apfel!
…brauchen dem Kaiser kein' Zins zu geben, fa-ria, fa-ri-ja…

Da kann man nichts machen! Gustavs Glück ist sagenhaft.
Eine geringe Hoffnung bleibt uns noch.
Sieh mal, auf der Liste steht noch mehr. Ein Viertelliter Sahne und eine Hüpfstelze.
Und er ist schon fast zu Haus.
Mir ist so, als hätt' ich was vergessen. Zu dumm, daß ich die Liste verloren hab'.
Da kommt jemand auf einer Hüpfstelze. Er wird doch nicht…
Das ist doch Daniel Düsentrieb, der Erfinder? Was macht die Kunst, werter Meister?
Schlecht, ganz schlecht!
Ich wollte eine neue Methode erfinden, um Butter zu machen…
Seit einer geschlagenen Stunde hüpfe ich nun schon herum, und der Viertelliter Sahne hier ist immer noch Sahne.
Ich hab's satt. Du kannst die Stelze haben und die Sahne dazu. Ich erfinde lieber ein butterloses Butterbrot…
Seufzer!

Wozu sind Leute wie Gustav überhaupt auf der Welt?
Unsereins schuftet sich zu Tode — das ganze Leben ist eben völlig sinnlos!
Aber auch sein Glück muß irgendwo eine Grenze haben. Es muß etwas geben, was er nicht umsonst kriegt.
Ich hab's! Kommt schnell!
Wir möchten nur dein Glück einmal auf die Probe stellen... es richtiggehend prüfen.
Ja, aber wenn dabei gearbeitet werden muß, dann ohne mich.
Von Arbeit ist keine Rede. Du gibst doch immer so mit deinem Glück an...
Was heißt angeben, du Affe? Ich habe Glück!
So, dann probier doch mal, von Onkel Dagobert Geld zu borgen.
Aua!
Muß es heute sein? Ich bin... äh... grad' sehr beschäftigt.
Faule Ausrede.
Los, marsch! Wir müssen ein für allemal wissen, ob es nicht doch etwas gibt, was du nicht umsonst kriegst.

Während so Vetter Gustav mit roher Gewalt zu Onkel Dagobert getrieben wird, sitzt dieser in seinem Büro und ist entsetzlich schlechter Laune.
Was kann nur mit mir los sein? Mein Einkommen beträgt nur noch eine Million in der Stunde.
Das muß doch einen Grund haben. So ein Pech hab' ich noch nie gehabt.
Warum so hastig? Möglicherweise ist es ein besonders schlecht gewählter Zeitpunkt, um den alten Geizkragen anzupumpen.
Das hoffen wir ja gerade.
VERWALTUN GEBÄUDE DER DAGOBERT DUCK AG
Im „Ratgeber für alle Lebenslagen" steht: „Hat man eine Pechsträhne muß man etwas tun, was man noch nie in seinem Leben getan hat."
Was hab' ich noch nie in meinem Leben getan? Mal nachdenken...
Geld verschenkt! Das ist mir nicht einmal im Traum eingefallen... Das wird mein Glück wieder ankurbeln.
Gustelchen, altes Haus, du kommst wie gerufen.
Tritt näher, lieber Neffe. Gerade hab' ich mich entschlossen, dem ersten, der zur Tür hereinkommt, ein Säckchen Geld zu schenken. Hier, nimm's, es gehört dir.
!

Donner und Doria!... Die ganze werte Verwandtschaft in Ohnmacht gefallen!
Kurz und gut — Donald und seine Neffen sind nunmehr überzeugt, daß Gustavs Glück grenzenlos ist.
Aber warum? Warum hat er soviel Glück?
Ich bin überzeugt, er besitzt etwas, was ihm Glück bringt. Etwas viel, viel Wirkungsvolleres als ein Hufeisen.
Das wäre wenigstens eine Erklärung. Wenn wir wüßten, was es ist, könnten wir uns auch so einen Glücksbringer besorgen.
Pah, das verrät uns Gustav niemals!
Weiß ich! Trotzdem gehen wir jetzt einmal hin und sehen uns bei ihm um.
Also...
So etwas von Unverfrorenheit hab' ich in meinem ganzen Leben noch nicht erlebt. Ihr steckt eure Nasen in alles.
I wo, würden wir nie tun!
Was ist denn in dem Geldschrank?
Das geht dich einen feuchten Staub an.
Ein Geldschrank ist zum Geldaufheben da. Warum liegt denn das Geld daneben?
Das geht dich einen feu... ich brauch' ihn eben für etwas anderes. So, und nun trollt euch!

THUNK THUNK
Klingt verdächtig hohl. Mach ihn mal auf, und laß uns einen Blick hineinwerfen!
Nein! Niemals! Das gestatte ich keinem Menschen. Selbst mir nicht.
Warum nicht?
Weil etwas drin ist, was mir Unglück bringt, wenn… aber das geht euch nichts an. Marsch, hinaus!
Was in dem Geldschrank auch sein mag, es ist sicher etwas ganz Geheimnisvolles.
Sein Talisman — das Geheimnis dieser eigenartigen Naturerscheinung.
Tag, Onkel Dagobert! Warum so entsetzlich mißgestimmt?
Es geht bergab mit mir.
Ich hab' schon einen Sack Geld verschenkt, weil ich gedacht hab', dann hört meine Pechsträhne auf. Hat nichts genützt.
Kopf hoch, werter Greis! Ich weiß ein örtchen, wo etwas ist, das uns allen Glück bringt.
Wo denn? Was denn?
Gustavs geheimnisvoller Glücksbringer. Er hat ihn in seinem Geldschrank versteckt.
Oha, das ist ja rasend interessant.

Wenn wir nur wüßten, wie wir den Geldschrank aufkriegen.
Das laßt nur meine Sorge sein.
Sobald Gustav sein Haus verläßt, gehen wir in seine Wohnung und öffnen den Geldschrank.
Am Abend geht Gustav ins Kino.
BILLY DER BANDIT
Die Luft ist rein. Kommt schnell!
Ganz billiges Schloß. Ich spür' die Kombination mit den bloßen Fingern.
So ein Mistfilm! Nur drei Tote in der Stunde. Ich gehe!
So, offen wär' er!
Onkel Dagobert soll leben! Endlich sehen wir den Talisman.
Hat man Worte! Nur ein ganz gewöhnlicher Kreuzer!
Jawohl, ein Kreuzer. Darf ich um eine Erklärung bitten, meine Herren Einbrecher?
Kommt schon noch. Aber vielleicht fängst du erst einmal mit einigen Erklärungen an.

Jawohl, wenn ein Kreuzer dein Talisman ist, warum bringen unsere Kreuzer uns dann kein Glück?
Weil der Kreuzer gar kein Talisman ist... es ist... ach, das geht euch wirklich nichts an.
Raus mit der Sprache! Deine Geheimniskrämerei hängt uns kreuzweise zum Halse heraus.
Halt, halt! Ich sag's schon.
Vor langer, langer Zeit, in einem Augenblick geistiger Umnachtung, hab' ich einmal gearbeitet.
Du? Gearbeitet?
Jawohl, ich hab' wirklich gearbeitet, und den Kreuzer hab' ich dabei verdient.
Hinterher hab' ich mich so entsetzlich geschämt, daß ich ihn in den Geldschrank getan und nie wieder angesehen hab'.
Was sagst du dazu?
Gar nichts! Jedenfalls nichts, was man drucken könnte!
ENDE

WALT DISNEY
presents
Donald Duck
Die Intelligenzstrahlen
BAM! POP! SKREEEE!
Was soll denn dieser Höllenlärm? Ist heute etwa Feuerwerk?
Vielleicht eine Invasion vom Mars?
POP! WHAM!
Ach, nur Daniel Düsentrieb, der verrückte Erfinder!
He,
Onkel
Donald!
SPUT
Was ist denn das für ein Donnervogel, Herr Düsentrieb?
Eine Art Traktor! Mit Raketenantrieb natürlich!
Braucht für einen Kilometer nur einen halben Feuerwerkskörper!
Achtung! Straße frei! Los!

BAM!
POW!
Raketenantrieb im Straßenverkehr! Der Mann spinnt.
Der Düsentrieb mit seinem nie rastenden Menschengeist! Seit Jahren will er eine große Erfindung machen und das kommt dann raus! Hahaha!
Da hat's gebumst! Das muß ich mir ansehen.
BAM!
POW!
CRASH!
Sie sind an einen Baum gefahren! Haha!
Na und? Ist doch nicht weiter schlimm!
Daß ich nicht lache!
Die Sache ist noch nicht ausgereift. Das weiß ich. Aber ich hatte zuviel mit meinen Denkapparaten zu tun.
Los, Kinder! Nehmt die Apparate, und kommt mit in den Wald!

Denkapparate? Wäre es Ihnen sehr unangenehm, Herr Düsentrieb, mir zu erklären...
Keineswegs, Herr Duck! Die Denkapparate sind meine neuste Erfindung. Ich bin sehr stolz darauf.
Das ist was ganz Raffiniertes, Onkel Donald. Damit kann man Intelligenzstrahlen aussenden.
Sehen Sie, wir stellen sie hier zu beiden Seiten eines Wildwechsels auf. Jedes Tier, das die Intelligenzstrahlen durchschreitet, lernt das Denken.
Und außerdem, Onkel Donald, lernen die Tiere das Sprechen. Sie benehmen sich dann wie Menschen. Das ist doch fabelhaft.
Jetzt schalte ich das Gerät ein. Morgen früh sehen wir dann nach, was dabei herausgekommen ist.
Und ich hab' schon gedacht, der Traktor wär' eine Schnapsidee.
Ihr kommt jetzt mit nach Hause! Ich will nicht, daß ihr euch mit so einem Blödsinn befaßt.
Nein, wir sind Herrn Düsentriebs Assistenten.
Wir sind sehr stolz darauf.
Der Name Duck wird zum Gespött der Leute. Entsetzlich!

Am selben Abend...
Mal herhören! Ihr werdet jedweden Verkehr mit Herrn Düsentrieb abbrechen.
Warum
denn,
Onkel Donald?
Weil ihr euch zum Gespött der ganzen Stadt macht. Das will ich nicht.
Wieso denn?
Seid ihr so dumm, oder tut ihr nur so? Noch nach fünfzig Jahren wird man sich über euch und eure Denkapparate totlachen.
Große Erfinder werden zuerst immer ausgelacht.
Der Graf Zeppelin hat sich auch erst spät durchgesetzt.
Düsentrieb ist kein Graf Zeppelin! Er ist weiter nichts als ein armer Irrer.
Das hat man von dem
Grafen Zeppelin
auch gesagt.
Die armen Kinder! Sie sind diesem irren Erfinder völlig verfallen. Was kann man da nur tun?
Ah, ich weiß! Ich werde Düsentrieb so lächerlich machen, daß ihnen die Augen aufgehen.

Später...
Aufmachen! Ich brauche dringend ein Kostüm.
MASKEN KOSTÜME PERÜCKEN
Und zwar ein Wolfskostüm! Aber es muß so echt aussehen, daß sich jeder vor mir fürchtet.
Wie gefällt Ihnen das hier?
Ausgezeichnet! Her damit!
Wenn Daniel Düsentrieb und die Kinder morgen früh in den Wald gehen, wird ihnen ein Wolf begegnen, der wie ein Mensch zu denken gelernt hat. Hahaha!
Am nächsten Morgen...
Ich bin rasend gespannt, welche Wirkung meine Denkapparate gehabt haben.
Eine ganze Menge Tiere haben die Intelligenzstrahlen durchschritten.
Hier sind sogar Wolfsspuren.
Allerdings, meine Herren! Das war ich persönlich. Guten Morgen!
Ein Wolf!
O Wunder! Er spricht!
Meine Erfindung funktioniert.

Ich nehme an, daß Sie der Erfinder dieser genialen Konstruktion sind. Wie ich gemerkt habe, bringt der Apparat die schlummernden Geisteskräfte von uns armen dummen Tieren zur Entfaltung.
Ja, mein Herr!
Unser ewiger Dank ist Ihnen gewiß, Meister! Gestern abend noch war ich ein schlichter dummer Wolf, der sich ein Huhn stehlen wollte...
Auf dem Wege zu Bauer Brösel durchschritt ich Ihre Intelligenzstrahlen. Plötzlich dachte und handelte ich wie ein Mensch.
Der Appetit auf rohes Hühnerfleisch war mir vergangen. Ich sehnte mich nach Braten, nach...
Entenbraten! Uahuahuahuah!
Was kann ich nur falsch gemacht haben? Ob ich den Schalter auf Mordgier eingestellt habe?
Ich werde die Kinder tüchtig erschrecken, und dann demaskiere ich mich.
Entenbraten! Uahuahuahuah!
Bitte nicht, Herr Wolf!
Können Sie nicht einen Obsttag einlegen?

Halt, du Unhold!
Ich erlaube nicht, daß du braven kleinen Kindern Böses antust.
Ich wollte ihnen nichts Böses antun, nur ein bißchen erschrecken wollte ich sie, weil...
Übrigens... falls es Sie interessiert, ich bin gar kein Wolf.
Hahahaha!
Setz dich, Genosse, damit du nicht vor Schreck umfällst. Ich bin nämlich ein Wolf.
Mir ist gestern etwas sehr Merkwürdiges passiert. Ich ging so vor mich hin und gedachte, ein Huhn zu stehlen.
Plötzlich befinde ich mich zwischen zwei komischen Kästen, die neben dem Weg standen.
U-und?

Nun – mit einem Schlag war mir der Appetit auf rohes Hühnerfleisch vergangen. Ich sehnte mich nach Braten, nach...
Entenbraten! Uahuahuahuah!
Weißt du, was in den Kästen steckt, Genosse? Wohl Appetit-strahlen?
Ich fürchte es fast.
Der Wolf ist weg. Ich seh' ihn nicht mehr.
Dann wollen wir gleich zu Herrn Düsentrieb zurück.
Auweia! Spuren eines wilden Kampfes!
Das sind Onkel Donalds Spuren.
Stimmt! Ein Wolf hat ihn geschnappt. Ein echter Wolf.
Du-du kannst reden?
Wie kommt denn das?
Tja, mir ist gestern etwas sehr Merkwürdiges passiert. Ich ging so vor mich hin. Plötzlich befand ich mich zwischen zwei komischen Kästen.

Aber das ist uninteressant für euch. Wenn ihr eurem Onkel helfen wollt, dann beeilt euch. Dort nach links sind sie gegangen.
Typisch Onkel Donald! Immer stellt er was an.
Onkel Donald! Onkel Donald!
Was kann ein Wolf schon von ihm wollen?
Oje!
Genau so war's, Genosse! Plötzlich überkam mich ein unüberwindliches Verlangen nach Entenbraten.
Wir können den Wolf nicht mit bloßen Händen angreifen. Wir brauchen die Apparate.
Herr Ingenieur, können Sie die Apparate nicht umschalten?
Und einen Wolf wieder zurückverdummen?
Wartet mal! Ich könnte von Schwingkreis A auf Schwingkreis B zurückkoppeln und die Höhenstrahlleitung umpolen…
Lassen Sie die Einzelheiten! Es eilt. Wir müssen jemandem die Mahlzeit versalzen.

Die Denkapparate werden heimlich zu beiden Seiten des freßlustigen Wolfes aufgestellt...
So, und jetzt etwas Majoran als Würze!
CLICK!
Uahuahuah! Uahuahuah!
Jaul! Uahuah!
Du bist gerettet, Onkel Donald. Der Wolf ist wieder ein ganz gewöhnlicher Wolf!
Später...
Dir ist doch jetzt wohl klargeworden, warum man eines Tages nicht mehr über den Grafen Zeppelin gelacht hat.
Man kann eben nie wissen, was für bedeutende Dinge von armen Irren erfunden werden, wie du sie nennst.
Ach, lieber Herr, können Sie mir nicht etwas Geld für ein Pfund Mohrrüben geben?
Halt die Klappe!
ENDE

Walt Disney presents
Donald Duck
Friedliche Ferien
Morgen fangen die großen Ferien an. Da wird bei Ihnen wieder was fällig sein, Herr Duck.
Ist mir bekannt, Herr Nachbar!
Tja, wenn Kinder den lieben langen Tag nichts zu tun haben, treiben sie lauter Unsinn.
Ist mir bekannt, Herr Nachbar!
Fußball auf der Straße spielen, auf Bäume klettern, an verbotenen Stellen baden... man kennt das ja. Sie werden nichts zu lachen haben.
Vielleicht doch, Herr Nachbar!
Ich habe mir das alles auch überlegt. Aber die Kinder werden diesmal keine Gelegenheit haben, etwas anzustellen.
Kinder sollen schwimmen... nur muß das Wasser eben seicht sein. Verstehen Sie?
Vollkommen!
Und was das Überfahrenwerden betrifft und Von-Bäumen-fallen und so weiter, so muß man eben dafür sorgen, daß keine Autos, Bäume und so weiter vorhanden sind.
Da haben Sie schon recht, aber...
Ich kenne Ihre Einwände, guter Mann. Aber ich sage Ihnen, es ist alles bestens organisiert.
ERPELSEE

Wissen Sie, was das ist? Eine Karte vom Erpelsee-Gebiet. Sehen Sie diese Stelle hier? Da habe ich mein Hausboot verankert.
Sie verkohlen mich wohl?
Keineswegs! Das ist die einzige Stelle, die alle die eben erwähnten Vorzüge bietet, und außerdem... ich habe die Kinder dauernd unter Aufsicht.
Pah, Kinder sind Kinder! Die stellen immer was an. Wollen wir wetten? Um einen Truthahn?
Angenommen! Sie bekommen von mir einen großen Truthahn, wenn das nicht meine friedlichsten und schönsten Sommerferien werden.
Nach einer Woche...
Ein herrliches Fleckchen Erde! Und weit und breit keine Möglichkeit, was anzustellen.
So?
Dürfen wir angeln, Onkel Donald?
Angeln ist jederzeit erlaubt. Ihr braucht gar nicht zu fragen.
Dürfen wir auch baden?
Selbstredend! Es ist völlig ungefährlich. Man kann überall stehen.

Was machen wir zuerst?
Baden!
Nein, angeln!
Baden!
Angeln!
Keine Rauferei, wenn ich bitten darf! Vergeßt nicht, daß ich an Bord bin und alles sehe!
Blödsinnige Situation! Bleibt uns nichts anderes übrig, als zu knobeln.
Man einigt sich also auf friedliche Weise. Es wird geangelt…
Na, lassen wir halt in Gottes Namen unsere Bindfäden hinten runterbaumeln!
Bleibt einem ja nichts anderes übrig!
Die Kinder sind beschäftigt. Ich werde es mir gemütlich machen und das Ligaspiel Entenhausen – Quackenbrück anhören.
Welch köstlicher Friede!
Sepp dreht auf… Flachbombe… das Leder donnert gegen die Latte… Tooor!
Bei mir hat einer angebissen.
Na und? Worauf wartest du? Zieh ihn raus!

Der ist noch nicht mal schulpflichtig!
Behalt ihn trotzdem! Weil's der erste ist!
Wir tun ihn ins Wasserfaß. Vielleicht wächst er noch.
Man soll immer hoffen.
Kaum einen Tag sind wir auf dem Boot, und schon haben wir ein liebes Haustierchen!
Später...
Beißt keiner mehr an! Nicht mal lecken tut einer.
Wir können genausogut aufhören und baden.
Tja, genausogut!
Gut Naß – hurra!
Idiotisch! Das Wasser ist so seicht, daß man nicht einmal kraulen kann.
Und wie soll man hier tauchen, frage ich euch?
Ob man die Gegend mit einer Schaufel wohl ein bißchen ausbaggern könnte?
Möglich!
Keine Schaufel an Bord! Ohne Schaufel kann man nicht schaufeln.
Vielleicht können wir uns eine Schaufel machen.

Wenn wir hiervon den Deckel abmachen, können wir ganz gut damit baggern.
Los!
Her damit!
Und...
Prima! Sieh mal, das Wasser geht mir schon bis an die Ohren.
Es ist nichts los im Laden... da... Häfele durchbricht die Abwehr... köpft... das Leder zappelt in den Maschen! Toor!
Eine Mordshitze heute! Man bekommt Durst.
Da werd' ich mir eben einen Trunk frischen Wassers zu Gemüte führen.
He, wer hat den Fisch in unser Wasserfaß getan?
Na wir! Wer denn sonst?
Hast du was dagegen?
Dagegen? Seid ihr verrückt? Das ist unser Trinkwasser.
Na und? Das macht dem Fisch doch nichts.
Der ist sauber.
Sauber? Ihr Ignoranten! Millionen von Bakterien sind an dem dran.
Kaum!

Jetzt muß das Wasser abgekocht werden, bevor man es trinken kann.
Stunden dauert das. Ich gehe inzwischen ein vor Durst.
Mit dem Herd stimmt auch was nicht. Blödes Möbel!
Natürlich, der Tank leer!
Muß aufgefüllt werden! Mir bleibt auch nichts erspart.
Wo ist der Benzinkanister? Hier hat er gestanden!
Wir haben uns eine Schaufel daraus gemacht.
Was?
Und was habt ihr mit dem Benzin gemacht, das drin war?
Och, wir dachten, wir haben noch mehr davon und haben es über Bord geschüttet.

Über Bord geschüttet!
Seid ihr wahnsinnig? Und ich hab' grad' ein brennendes Streichholz über Bord geworfen.
Anker lichten! Motor anwerfen! Alle Mann an die Ruder! Wir müssen hier weg.
Dalli, dalli, dalli, dalli! Das Boot fängt an zu brennen.
Das hätten wir! Mit knapper Not einer Katastrophe entkommen!
Steuerbord kokelt's noch ein bißchen.
Das werden wir gleich haben.
Nun sitzen wir schön in der Tinte!
Wieso denn?
Wo fehlt's denn jetzt wieder?

Wir haben kein Trinkwasser. Wir haben auch kein Benzin, um Seewasser abzukochen.
Wir haben kein Benzin, um an Land zu fahren und neues Benzin zu kaufen.
Ach, ich armes Würstchen! Da hab' ich mir wirklich eingebildet, daß...
Schätze, wir verkrümeln uns unter Deck, bis er sich wieder gefaßt hat.
Später...
Wenn nur der Durst nicht wäre! Ob nicht doch noch ein Tröpfchen Wasser im Faß ist?
Ist mir ganz Wurscht, ob da ein Fisch drin war. Ich muß was trinken.
Oh, uh, ich falle!
THUD
Glitsch!

Ein bißchen recht hat er ja. Ganz unschuldig sind wir nicht.
Na und? Jetzt ist es zu spät, darüber nachzudenken.
Nein, ich weiß, was wir tun! Wir stecken eine SOS-Botschaft in eine Flasche und werfen sie über Bord.
Eine Flaschenpost, meinst du? Aber an Bord ist keine Flasche, nicht einmal eine Milchflasche.
Dann müssen wir eben das Faß nehmen. Wasser ist sowieso nicht mehr drin.
Hier ist die Botschaft.
So — und nun nageln wir das Faß zu.
SOS
Das haben wir schlau gemacht! Tja, Köpfchen! Onkel Donald wird uns loben.
Kopf hoch, Onkel Donald! Wir haben Hilfe angefordert.
Bald werden wir gerettet sein.
Wo
ist
er denn?
Nach einer Weile kommt Onkel Donald wieder zu sich. Er stößt den Spund aus dem Spundloch und schaut um sich. Was er dabei sagt, ist leider zur Veröffentlichung ungeeignet...
!! !!

Eine frische Brise treibt das Faß in den Gumpenfluß, der den oberen mit dem unteren Erpelsee verbindet…
Wann komm' ich denn endlich in bewohnte Gegenden? Gösselstadt an der Gumpe muß doch hier liegen.
Irgend jemand wird das Faß doch sehen und mich befreien.
So weit ist es leider noch nicht…
Hilfe!
Da ist jemand drin. Die Welt wird immer verrückter.
Jetzt lassen sie sich schon im Faß den Gumpenfall runtertreiben wie am Niagara.
Eine Woche später…
Na, Herr Nachbar? Wieder im Lande?
Allerdings! Und hier ist Ihr Truthahn! Sie haben die Wette gewonnen.
So, so! Also Ihre Idee hat sich nicht bewährt? Ist den Kindern was passiert?
Den Kindern? Nein, denen ist nichts passiert.
Aber mir ist was passiert. Na, Schwamm drüber!
ENDE

WALT DISNEY
presents
Donald Duck
in
"The GOLDEN HELMET"
Donald hat seit einiger Zeit eine Stelle als Museumsdiener im Völkerkundemuseum...
Ahem!
AUSGAN
WIKINGERSCHIFF
BAUJAHR:
UM 870 NACH CHR.
FUNDORT:
NORWEGEN
URRIND
Der Goldene Helm
Gähn!
PERÜCKE KARLS DES KAHLEN
GOTT DER REDE-KUNST
Es ist zum Sterben langweilig! Seit zwei Monaten versehe ich meinen Dienst, und seitdem ist nicht das Geringste passiert.
WÄSCHESACK DER KÖNIGIN VON SABA
ABT.10
Jedoch — die Bezahlung ist gut, die Dienststunden liegen günstig. Kurz, es wäre unklug zu kündigen.
GOTT DER FREUDE
GOTT DES KAMPFES
Aber ich bin nun einmal keine Beamtennatur. Ich liebe Kampf und Abenteuer. Wie gern hätte ich zu den Zeiten der alten Wikinger gelebt!

Auf schwankendem Kahn durchfuhren sie das weite wilde Meer, und zur Orientierung hatten sie nur die Sonne und die Sterne.
Bis nach Island und Grönland kamen sie, vielleicht sogar bis nach Amerika! Und das bereits vor vielen, vielen hundert Jahren!
Ach bitte, wo ist die Schmetterlingssammlung?
Im Ostflügel! Erst geradeaus, dann links, dann wieder geradeaus, dann erste Tür rechts neben der ausgestopften Giraffe!
Mit Walrössern und Walfischen kämpften die alten Wikinger, und ich muß bebrillten Naturhistorikern sagen, wo die Schmetterlingssammlung ist!
Wie tief man doch sinken kann!
Ach bitte, wo ist die Sammlung alter Stoffe und Spitzen?
Zweite Tür rechts nach den gehäkelten Mundtüchern! Du liebe Zeit!
Ich besteige lieber das Wikingerschiff und tu' so, als sei ich ein alter Kämpe.
RUDER

Was sehe ich? Fremde Segler? Rüstet euch zum Kampf, tapfere Nordmänner!
?
SQUEAK
Nanu, was quietscht denn da? Sind etwa Ratten an Bord?
Ein Mann! Was zum Kuckuck...?
He, Sie da! Kommen Sie sofort heraus! Das Schiff ist zum Besichtigen da, nicht zum Kaputtmachen.
Hab' schon nichts kaputtgemacht! Wollte nur sehen, wie man damals das Deck befestigt hat.
Das können Sie aus den Zeichnungen ersehen, die in der Bibliothek hängen. Dritte Tür links... nach dem Dinosaurier-Ei.
Pah... Zeichnungen!
Den Kerl hab' ich doch schon öfter gesehen? Immer schnüffelt er um unser Schiff herum.

Sieht so aus, als wenn er dort etwas sucht.
Was kann in so einem alten Schiff schon zu finden sein? Höchstens doch Holzwürmer!
Wenn jemals Schätze an Bord waren, werden die Wikinger sie doch wohl selbst vernascht haben.
Aber gesucht hat der Kerl was! Ob er was in alten Schriften gelesen hat?
Da findet man manchmal interessante Geschichten von alten Geheimnissen und vergrabenen Schätzen.
KLOPF! KLOPF!
Hm... ein Ast-loch!
Sag' ich's nicht? Ein begabter Mensch kommt hinter alles.

Ein altes Pergament... sieht aus wie eine Landkarte.
Und lauter urtümliche Schriftzeichen! Das muß ich gleich dem Direktor zeigen.
Bei Donars Hammer und Odins Raben! Der Kerl hat das gefunden, was ich schon lange suche.
Später...
Sie haben eine der größten Entdeckungen aller Zeiten gemacht, mein lieber Duck. Es handelt sich um das Logbuch unseres Wikingerschiffes.
Sehen Sie, hier steht's! Das Kommando hatte Olaf der Blaue. 874 segelte er nach Island, viele Jahre vor Erik dem Roten.
Und 899 landete er an der Küste von Nord-amerika.
Und zum Beweis, daß er wirklich dort war, hat er auf dem 59. Breitengrad einen goldenen Helm vergraben. Das ist an der Küste von Labrador.
Der Helm! Das Schiff! Die Karte! All die alten Sagen, denen ich in Norwegen nachge-forscht habe, beruhen auf Wahrheit. Die Zeit zum Handeln ist gekommen.
THOMAS WEIHRAUCH MUSEUMSDIREKTOR

Heißa, endlich wissen wir, wer Amerika entdeckt hat.
Sie und unser Museum werden sehr berühmt werden. Von allen Teilen der Welt werden die Menschen hier zusammenströmen, um das Schiff und den Helm zu sehen.
Ja, aber, Herr Direktor, dazu müßte man den Helm doch erst haben.
Hm... na ja...
Dann werde ich eben eine Expedition Labrador entsenden.
Sie werden nichts dergleichen tun!
?
Ich bin Justizrat Wendig. Im Namen meines Klienten, Herrn Berengar Bläulich, direkten Nachkommens Olafs des Blauen, erhebe ich Anspruch auf dieses Schriftstück.
Mit welchem Recht erheben Sie diesen ebenso törichten wie unverschämten Anspruch?
Auf Grund des Codex Raptus, von dem Sie als Archäologe doch wohl gehört haben müßten.

Die Sache ist die: Im Jahre 807 soll Pippin der Picklige, im Einverständnis mit Theodosius dem Trübseligen von Byzanz und unter stillschweigender Duldung der übrigen Herrscher Europas zu Rom folgenden Codex erlassen haben: Jedweder freie Mann, der jenseits des Meeres neues Land entdeckt, soll es zu eigen haben. Folglich war Olaf der Blaue der rechtmäßige Besitzer von Nordamerika, und jetzt ist es sein direkter Nachkomme, Herr Bläulich...
Beim Zeus, hier steht's geschrieben! Und dies Gesetz ist niemals aufgehoben worden.
Na also!
Ich verlange, daß Sie das Pergament sofort meinem Klienten aushändigen, andernfalls wird er sowohl Sie als auch sämtliche anderen Einwohner Amerikas wegen Betreten seines Privatgrundstückes verklagen.
Bei Isis und Osiris! Wie will Ihr Klient beweisen, daß er ein Nachfahre Olafs des Blauen ist?
Flickus, Flackus, Fumdeedledum!
Das ist Juristenlatein und heißt auf deutsch: Wie wollen Sie das Gegenteil beweisen?
Her mit der Karte!
So, und jetzt suche ich den goldenen Helm, und wenn ich ihn habe, komme ich zurück und ergreife die Macht.
Hocus, Locus, Jocus! Auf deutsch: Wer zuerst kommt, mahlt zuerst.

Mann, Duck, wie soll das enden? Das ist die kritischste Situation, in der sich Amerika seit seiner Entdeckung befunden hat.
Sie glauben doch nicht etwa, daß diesem schlitzohrigen Geißbart wirklich ganz Amerika gehört?
Doch, leider! Es gehört ihm. Es sei denn, wir hindern ihn, den Helm zu finden.
Ich ließe ihn von der Polizei festnehmen! Jawohl, das täte ich!
Weder die Polizei, noch die Armee, noch sonst jemand kann ihn hindern, seinen Helm zu suchen. Es ist sein verbrieftes Recht.
Ich hau' ihm einfach mit einem harten Gegenstand auf den Kopf. Mit angeknackstem Denkapparat wird er das Suchen bleibenlassen.
Nein, keine Gewalttat! Ich weiß etwas Besseres! Bringen Sie mir ein Blatt Papier!
Ich kann die Karte aus dem Gedächtnis aufzeichnen. Eine Landzunge, die wie ein Kreuz geformt ist, ist der Ort, wo der Helm vergraben ist.
Ihr Zeichentalent in Ehren, Herr Direktor, aber was haben wir davon?
Sehr viel! Wir beide werden Herrn Bläulich zuvorkommen und den Helm unsererseits suchen. Wir marschieren getrennt und schlagen vereint.

Meinen Sie damit, daß wir bis hinauf nach Labrador reisen sollen? Zu den Eisbergen und den Eisbären?
Was Olaf der Blaue konnte, können wir auch!
Schluck!
Wir haben sogar den Vorteil, daß es heutzutage Landkarten gibt. Sie versuchen also, die Landzunge auf dem Seeweg zu erreichen, ich versuche es auf dem Landweg. Einer von uns muß vor Herrn Bläulich dasein.
Verstehe! Entweder Erfolg oder ewige Knechtschaft!
Jawohl! Erfolg oder ewige Knechtschaft!
Hier ist Ihre Karte und etwas Geld für die notwendigen Auslagen! Nehmen Sie das Nachtflugzeug nach Neufundland!
Von dort treten Sie die Reise in einem kleinen Boot an, genau, wie es die alten Wikinger taten. Trauen Sie sich das zu?
Jederzeit!
Und ich habe gedacht, es gäbe keine aufregenden Abenteuer mehr! Nur gut, daß ich aus hartem Holz geschnitzt bin!
Noch was, Herr Duck! Wenn Sie den Helm finden, werfen Sie ihn ins Meer, wo es am tiefsten ist. Er bringt Unheil.
ABT. IX

Ha, die Kinder werden staunen, wenn sie erfahren, in welch weltweite Unternehmungen ihr Onkel verstrickt ist.
DONALD DUCK
Holt eure Wintersachen, Kinder! Wir fahren nach Labrador.
Wohin?
Wieso?
Winter-sachen?
Seid ihr schwerhörig? Ich habe gesagt, wir fahren nach Labrador.
Na und?
Was ist
Labrador?
Ein Film?
BOING
Am selben Abend…
Hier ist ein Geographiebuch über die Arktis. Ich kann für meine Wikingerfahrten keine Mannschaft gebrauchen, der die einfachsten geographischen Grundbegriffe fehlen.
NORDLAND-FLUGDIENST
ATLAS
Und so begann das Wettrennen nach dem goldenen Helm… ein Wettrennen von dem das Schicksal des ganzen amerikanischen Volkes abhing…

Während des Flugs steigerte sich Donald in immer größere Begeisterung hinein. Nach Kampf und Abenteuer hatte er sich Zeit seines Lebens gesehnt, nun sollte er sie haben — im Überfluß!
Endlich bin ich am Ziel meiner Wünsche! Bald wird Donald Duck auf jagendem Kiel das Nordmeer durchpflügen.
Laßt die Stubenhocker zu Hause bleiben und Briefmarken sammeln! Ich will Salzwasser schmecken und mir den Wind gehörig um die Nase wehen lassen.
Schnell aufstehen, Onkel Donald! Wir sind schon auf dem Flugplatz von Neufundland. Gleich fliegt das Flugzeug wieder zurück.
Familie Duck muß leider feststellen, daß Herr Bläulich ihnen zuvorgekommen ist...
Schafft den Proviant an Bord! Wir stechen sofort in See.
Wissen Sie eigentlich, zu was für einer Fahrt wir Presseleute eingeladen sind, Herr Kollege?
Es soll sich um die Bergung eines historischen Fundes handeln.
Was will er denn mit all diesen Zeitungsfritzen?
Da sind noch mehr von der Sorte, Onkel Donald.
Er möchte wohl seine widerliche Visage in allen Illustrierten auf einmal abgebildet sehen.
Der weiß, wie man so was aufzieht. Von dem können wir was lernen.
Und für Sicherheit hat er auch gesorgt. Das Kriegsschiff scheint er als Begleitschutz bestellt zu haben.

Donald verzichtet natürlich auf Presse und militärische Begleitung. Er mietet ein Fischerboot und sticht unverdrossen in See…
Bläulich hat einen Vorsprung von mindestens einhundert Seemeilen.
Du bist ein Optimist, Onkel Donald. Mit diesem traurigen Kahn holen wir ihn nie ein.
Hier kommt es nicht auf die Geschwindigkeit des Fahrzeugs an, sondern auf seemännische Tüchtigkeit.
Der Kurs geht nordwärts. Bald sichten sie die ersten Eisberge…
Wir überqueren jetzt den 55. Breitengrad.
Woran siehst du das, Onkel Donald?
Nun – ich ermittle natürlich regelmäßig mit dem Sextanten unsere Position.
Immer-zu?
Was lernt ihr eigentlich in der Schule? Keinen Schimmer von Navigation! Weißt du denn wenigstens, was ein Kompaß ist?
Ja, er zeigt immer nach Norden.
Ich kann doch nichts dafür, wenn wir in der Schule andere Dinge lernen. Du bist ja auch viel älter als wir!
Auf dem 56. Breiten-grad geraten sie in schwere See…
Die Seevögel suchen Deckung. Sehr schlechtes Zeichen! Ein Un-wetter kommt.

Sollten wir nicht lieber in einem Fjord an der Küste Zuflucht suchen, Onkel Donald?
Nein, wir fahren weiter.
Herr Bläulich mag sich in einem Fjord verkriechen, aber ich nicht!
Ich bin aus anderem Holz geschnitzt als diese Beamtennaturen. In meinen Adern rollt echtes Wikingerblut.
Ich bin ja auch nicht für Beamte. Aber dieses Wikingerdasein finde ich einfach über-trieben.
Weit voraus kämpfen sich die beiden andern Schiffe durch die tosende See...
Beidrehen! Wenden! Wir wollen versuchen, vor dem Wind in eine Bucht einzulaufen.
Versteh' nichts!
313
Ein riesiger Eisberg trennt die beiden Schiffe...
Wir kehren um.
Das Kriegeschiff fährt zurück. Sollten wir nicht lieber auch wenden?
Halten Sie den Kurs, den ich befohlen habe! Ver-standen?

Rücksichtslos läßt Herr Bläulich sein Schiff durch die Eisberge manövrieren...
Das ist reiner Selbstmord. Wir müssen umkehren.
Hier wird nicht umgekehrt, verstanden?
Ich kann meine Ansprüche auf Amerika nur durchsetzen, wenn ich als Erster den Helm finde, und dazu bin ich fest entschlossen.
Jocus, Krocus, Spocus! Auf Deutsch: Wer zahlt, befiehlt.
CRASH
Na, was hab' ich gesagt, Herr Bläulich? Nun haben wir die Bescherung!
Einige Stunden später...
Der Sturm läßt nach, Onkel Donald. Wonach hältst du Ausschau?
Ich habe Rettungsboote gesichtet, mit Kurs nach Süden. Bläulich muß Schiffbruch erlitten haben.

Hurra!
Hurra, die Konkurrenz sind wir...
...los!
Tja — die Sache sieht etwas günstiger für uns aus. Aber wo ist Bläulich persönlich? In den Booten war er nicht.
Im selben Augenblick, viele Meilen nordwärts...
Ich rate ab, Herr Bläulich. Es ist wirklich heller Wahnsinn, im Ruderboot den 59. Breitengrad erreichen zu wollen.
Noch dazu ohne Kompaß und Sextant! Wasser hat keine Balken, mein Herr.
Ist mir bekannt. Trotzdem rudern wir weiter. Ich glaube an meine Sendung.
Dichter Nebel kommt auf... einer von der ganz undurchsichtigen Sorte...
Wollen wir nicht lieber den Motor abstellen und warten, bis die Sicht wieder klar ist, Onkel Donald?
Nein, wir fahren weiter. Ich kann nach dem Kompaß steuern.
Onkel Donald denkt nicht an die Eisberge. Wie leicht kann man an einen ranbumsen!
Paß auf!
Onkel Donald, ich habe eine seemännische Entdeckung gemacht. Wenn man schreit, kann man die Eisberge am Echo erkennen.
Nicht unbegabt! Fang an zu schreien!

Nach vielen Meilen...
Hallo!
HALLO!
Eisberg backbord voraus!
Hallo!
HALLO!
Eisberg backbord. Achteraus!
Hallo!
Hallo!
Guten Abend!
Ihr Geschrei war eine große Hilfe für mich. Man hat es meilenweit gehört.
Verflixt! Herr Bläulich!
Am nächsten Morgen...
Er hat uns unser Schiff weggenommen, Onkel Donald.
Ihr merkt auch alles, ihr Hellseher.
Ach du, sag uns lieber, wie wir nach Labrador kommen sollen, ohne Kompaß, ohne Sextant und ohne Motor!
Fragt nicht so dumm, denkt lieber nach.

Wenn wir ein Segel hätten, könnten wir versuchen zu segeln.
Ja, und wenn meine Oma Räder hätte, wär' sie ein Omnibus.
Man rudert also — doch leider gebricht es den Herren an dem nötigen Muskelschmalz...
Los, reißt euch zusammen! Die Wikinger sind über den ganzen Atlantischen Ozean gerudert.
Ich geb's auf. Ich bin am Rande meiner Kräfte. Der einzige, der noch alles retten könnte, ist Direktor Weihrauch.
Aber die Reise des Museumsdirektors ist auch nicht ganz glattgegangen...
Der Motor ist kaputt. Die Reparatur wird mindestens drei Tage dauern.
So lange kann ich nicht warten. Ich hab's eilig.
Dann müssen Sie zu Fuß laufen. Aber es sind noch mindestens einhundert Kilometer.
Stöhn!
Einhundert Kilometer! Da kann ich nicht rechtzeitig dasein. Amerikas einzige Hoffnung ist Donald Duck.
Die See ist bekanntlich grausam... doch manchmal hat sie eine freundliche Anwandlung...
Seht nur, da treibt was, ein Wrack!
Das ist das Vorschiff von Herrn Bläulichs Boot.
Ein Stück Leinwand ist auch dabei!

Die Ducks machen sich aus dem Bugspriet des Wracks und der Leinwand ein behelfsmäßiges Segel...
So, jetzt sind wir wieder flott!
Am Tage kann ich mich nach der Sonne richten, und nachts folge ich einfach dem Polarstern...
Jetzt hat's unser lieber Onkel ja endlich erreicht. Befährt das Meer wie ein echter Wiking... ohne alle technischen Hilfsmittel.
Ich hätte nichts gegen etwas mehr modernen Komfort.
In derselben Nacht...
Wie lange müssen wir noch nach Norden segeln, Onkel Donald?
Bis der Polarstern genau neunundfünfzig Grad über dem Horizont steht!
Nach meinem bekannt untrüglichen Augenmaß wird es, wenn Wind und Strömung sich nicht ändern, in zwei Tagen soweit sein.
Noch zwei ganze Tage! (Stöhn!)
Schließlich haben die Ducks den 59. Breitengrad erreicht und halten in westlicher Richtung auf die Küste zu...
Siehst du eine Landzunge, die wie ein Kreuz aussieht?
Nein, ist mir auch Wurscht... wenn es nur festes Land ist.
Sehr einladend sieht Amerika von hier aus nicht aus. Olaf wird nicht gerade begeistert davon gewesen sein.

Stundenlang segeln sie an der Küste auf und ab...
Ich sehe nirgends ein Kreuz. Wahrscheinlich suchen wir viel zu weit nördlich.
Höchstens noch zu weit südlich!
Kann es nicht sein, daß sich der Direktor geirrt hat, als er die Karte aus dem Gedächtnis aufzeichnete?
Vielleicht... jedenfalls bin ich beruhigt, daß Herr Bläulich nirgends zu sehen ist.
Hier irrt Donald!
Beim Barte Wotans! Sollte uns der Blaue Olaf mit seinem Pergamente genasführt haben?
Ich sehe jedenfalls keine Landzunge, die wie ein Kreuz aussieht.
Stelle anheim, Schadensersatzklage zu stellen. Vorläufig gegen Unbekannt. Sagen wir: auf eine Million, wegen unnötig verausgabter Reisekosten.
Das sowieso! Aber zuerst fahren wir noch um diese Insel herum. Es könnte ja sein, daß mein Vorfahre in der Geographie noch nicht so gut Bescheid gewußt hat.
Nanu?
Herr Bläulich!
Rammen Sie das Boot da vorn! Ich bin dagegen, daß ein lumpiger Museumsdiener meine Pläne durchkreuzt.

So — das wird Ihre Leidenschaft für Abenteuer wohl etwas abkühlen!
Ein reizender Zeitgenosse, was, Kinder?
Wenigstens hat er uns nicht gleich umgebracht.
Wie großmütig von dem edlen Herrn!
Doch das Glück ist eine launische Dame... plötzlich scheint es sich gegen Herrn Bläulich zu kehren...
Beim Baldur! Der Motor setzt aus.
SPUT
Es kann Stunden dauern, bis er wieder läuft.
Stelle anheim, die Herstellerfirma auf Schadensersatz zu verklagen.
Inzwischen lächelt das Glück den armen Ducks...
Vor wieviel Jahren hat denn dieser Olaf die Karte gezeichnet?
So ungefähr vor tausend Jahren! Aber das ist doch jetzt völlig Wurscht.
Sag das nicht! In tausend Jahren kann viel passieren. Das Meer könnte beispielsweise die Landverbindung zu der Insel da zernagt haben.

Du hast recht, Tick. Vor eintausend Jahren war sie noch eine Halbinsel und hat ausgesehen wie ein Kreuz.
Dann aber muß – Moment mal – der goldene Helm... ich glaube, wir haben die richtige Stelle gefunden.
Da oben!!!
Hinter der Steinpyramide ist er! Los, Kinder, wir müssen sie abtragen.
Halt, Onkel Donald...
...nicht so stürmisch! Jetzt kommt es doch auf ein paar Minuten auch nicht mehr an.
Der Motor geht wieder... muß kaputtgegangen sein, als wir die Ducks gerammt haben.
Ehe wir weiterfahren, will ich Gewißheit haben, ob wir sie endlich los sind.
„Bei den spinnenden Nornen", kreischt Herr Bläulich, „sie haben den Goldhelm!"

Sofort umkehren! Wir müssen ihnen den Helm wegnehmen. Koste es, was es wolle!
Nur nicht immer mit dem Kopf durch die Wand, mein Lieber! Lassen Sie uns erst den Modus procendi überlegen.
Ich will sie ausradieren, ich...
Später, später! Als Ihr Rechtsberater muß ich auf etwas umsichtigeres Vorgehen dringen.
Während Familie Duck das Vogelnest dazu benutzt, um ein wärmendes Feuer zu entfachen, landen die beiden in einer versteckten Bucht...
Jetzt schleichen wir uns von hinten heran.
Willst du noch ein gebackenes Ei haben, Onkel Donald?
Danke, ich bin für heute mit Eiern bedient.
Seht nur, Kinder, welch herrliches Stück germanischer Goldschmiedekunst! Wie schade, daß ich es vernichten muß.
Keine Angst, Herr Duck! Das bleibt Ihnen erspart.
Herr Bläulich!
Für Sie bin ich Berengar I., Kaiser von Amerika.

Ich habe Karte und Helm, die Beweise des Herrscheranspruchs auf Amerika. Jetzt ergreife ich die Macht.
Sicus, Picus, Sellericus! Auf deutsch: Da haben wir den Salat!
Von nun an sind alle Einwohner Amerikas meine Untertanen! Jeden Tag werden sie für mich arbeiten! Der freie Sonntag wird abgeschafft!
Ihre Häuser gehören mir! Ihre Autos, ihr Hausrat, ihre Kannen und Pfannen, alles gehört mir! Alles, alles!
Unser Zigarettenbilderalbum kriegen Sie aber nicht!
Und meine Briefmarkensammlung auch nicht!
O doch! Cluncus, Buncus, Scuncus! Auf deutsch: Gesetz ist Gesetz!
Schert euch an Bord, ihr Hundlinge! Ihr werdet mich bedienen. Wir fahren nach Neufundland, und dort lasse ich mich krönen.
Die Reise können Sie sich sparen, Herr Bläulich. Sie sind bereits gekrönt.
Direktor Weihrauch!

Fast wäre ich zu spät gekommen, mein lieber Duck. Aber es hat gerade noch geklappt.
Fesselt den Unhold! Der Helm darf nicht noch einmal in seine Hände fallen.
Das Beste ist, wir fahren sofort ab und versenken den Helm ins Meer, dort, wo es am tiefsten ist.
Es scheint so, als sei Amerika noch einmal gerettet...
Nach Osten, mein lieber Duck, dort finden wir tiefe Gewässer.
Später...
Der Direktor sieht sehr erschöpft aus.
Kunststück! Er ist hundert Meilen ohne Unterbrechung marschiert, der wackere alte Knabe.
Ich werde auf den Helm aufpassen, solange Sie schlafen, Herr Direktor.
Nein, nein, mein lieber Duck. Ich darf ihn niemandem anvertrauen, auch Ihnen nicht.
Sehr, sehr verständlich, Herr Direktor. Was man hat, soll man bewahren.
Ich stelle mich Ihnen gern als Rechtsberater zur Verfügung, falls Sie Anspruch auf Amerika erheben wollen.

Darf ich fragen, was Sie als mein Rechtsberater gegebenenfalls verlangen?
Pincus, Pumpus, Pecunatus! Auf deutsch: Guter Rat ist teuer.
Das übliche ist etwa zehn Prozent. Das wäre etwa Kanada. Zieht sich der Prozeß in die Länge, könnte man noch New York dazunehmen.
Verstehe!
Der Bazillus der Macht beginnt in dem guten Direktor zu rumoren...
Der alte Herr hat auf einmal so ein kaltes Glitzern in den Augen.
Plötzlich...
Nehmen Sie Kurs nach Süden! Ich hab' mich entschlossen, die Last der Krone selbst zu übernehmen.
Sie? Aber, Herr Direktor, das geht doch nicht. Sie sind doch gar kein Nachkomme von Olaf dem Blauen...
Flicus, Flacus, Dumdideldacus! Auf deutsch: Wie wollen Sie das beweisen?
Die Rechtslage ist klar, wie Sie soeben gehört haben. Die Karte und der Helm begründen meinen Anspruch.
Jetzt sitzen wir erst recht in der Tinte. Jetzt geht das Theater von vorn los.

Ich werde das Land zum Wohle der Museen regieren. Jeder Staatsbürger muß Museumssteuer zahlen und täglich ins Museum gehen.
Du liebes Lieschen! Da waren ja Herrn Bläulichs Pläne noch menschenfreundlicher.
Jeden Sonntag findet ein Gemeinschaftsausflug statt. Das Essen wird mitgebracht, und man speist im Anblick der erhabenen Zeugen unserer Vergangenheit.
Das amerikanische Volk muß ein Volk von Museumsbesuchern werden! An jeder Straßenecke wird ein Museum erstellt werden, an jedem…
Die Anstrengung des Hundertmeilenmarsches fordert ihren Tribut…
Schnarch!
Er ist zusammengebrochen, der Ärmste! Paßt auf ihn auf! Ich passe inzwischen auf den Helm auf.
Dieser fatale Gegenstand muß endlich versenkt werden, damit er kein Unheil mehr anrichten kann.
Na los — wirf doch endlich! In deine Augen ist wohl auch ein kaltes Glitzern gekommen?

KAISER VON AMERIKA
REX
REX
Ich stelle mich Ihnen gern als Rechtsberater zur Verfügung. Gegen ein angemessenes Honorar selbstredend!
Onkel Donald, wirf sofort den Helm ins Meer!
Nein — ich sehe keinen Grund, warum ich nicht Kaiser von Amerika werden sollte.
Tristus, Trastus, Terrorismus! Auf deutsch: Jetzt fängt das Theater zum dritten Mal an.
Ich werde keine neuen Gesetze erlassen. Ich nehme meinen Untertanen nichts weg. Sie können alles behalten, die Ölquellen, die Bergwerke, die Häuser samt dem Hausrat... alles!
Aber, mein Herr, wie wollen Sie mich bezahlen? Wovon wollen Sie leben?
Wovon?
Von der Luft! Ich werde die Luft besteuern, ohne die niemand leben kann. Jawohl!

Meine Untertanen werden Luftmesser auf der Brust tragen, und jeder Atemzug, den sie tun, wird ihnen berechnet.
Eine ausgezeichnete Idee, Herr Duck, ein Seufzer kostet einen Zehner und ein Gähnen deren zwo.
Respekt, Sie kennen die Marktlage für Sauerstoff.
Schnaptus, Claptus, Totalraptus! Onkel Donald ist wahnsinnig geworden.
Olafs Goldhelm scheint einen bösen Zauber auf die Menschen auszuüben, denn der gute Onkel Donald ist so grausam und habgierig geworden wie die alten Wikinger...
Diese schurkischen Knappen wollen mir den Helm rauben. Legen Sie sie in Ketten.
Stelle anheim, sie auf einem Eisberg auszusetzen, Herr Duck.
Daher...
Wenn ich Kaiser bin, lasse ich euch holen.
Sehr gütig, Majestät.
BOHNEN
Die Einwohner Amerikas ahnen nicht, was ihnen bevorsteht.
Abwarten! Noch ist Onkel Donald nicht zu Hause.
Und ich bin gar nicht sicher, ob er nach Hause kommt, denn ich habe mir erlaubt, den Kompaß mitgehen zu lassen.
Du Unseliger! Wer soll uns denn nun hier abholen?

Die Lage scheint für beide Parteien gleich übel zu sein. Donald irrt auf der Weite des Meeres herum, und die Kinder, Direktor Weihrauch und Herr Bläulich treiben hilflos auf einem Eisberg…
Wenn nur die Sonne schiene! Dann könnte ich danach steuern.
Nach den neuesten Wetternachrichten soll es noch längere Zeit bedeckt bleiben.
Verflixt! Die Wikinger müssen auf ihren Fahrten ein unheimliches Glück gehabt haben.
Die Kinder haben eine wichtige Besprechung…
Sag mal, haben wir in der Geographiestunde nicht gelernt, daß Eisberge immer nach Süden treiben?
Jawohl – und da der Wind von Norden kommt, bleibt ihnen auch gar nichts anderes übrig.
Ob wir den Eisberg nicht so zuhauen können, daß er ein bißchen schneller treibt?
In derselben Nacht…
Ich fürchte, wir fahren im Kreise. Stellen Sie lieber den Motor ab, und sparen Sie den Brennstoff!
Nein… warten Sie!
Ich sehe Lichter. Dort… gerade auf unserem Kurs.
CRASH
Nanu? Sind wir wo angestoßen?
Und ob, an eine Eisscholle, und darauf saß ein Bär. Dessen Augen haben so gefunkelt.

Was schlagen Sie vor?
Nichts! Fragen Sie den Bären! Er scheint jetzt die Macht ergriffen zu haben.
Am Morgen…
Er verläßt das Schiff.
So? Der sieht aber so aus, als wäre er über Nacht bedeutend dicker geworden. Ob er?
Aha! Darum ist seine Taille so aus dem Leim gegangen! Er hat unsere gesamten Vorräte aufgefressen.
HAFER FLOCKEN
Die beiden Herren frieren jämmerlich und leiden bitteren Hunger…
Ich würde ganz Kalifornien für ein paar heiße Würstchen geben.
So billig würde ich sie Ihnen nicht verkaufen.
Es ist zum Rasendwerden! Auf dem Gipfel der Macht dem Hungertod preisgegeben!
Die Zeit vergeht…
Herr Justizrat, ich könnte mir denken, daß ich für meine bösen Taten bestraft werden soll.
Unsinn! Nicht wenn Sie einen tüchtigen Rechtsberater haben!
Aber ich weiß doch, daß ich keinen Anspruch auf den goldenen Helm hab'. Ich hab' ihn mir widerrechtlich angeeignet.
Sicher, sicher — aber es war alles ganz legal.
Das schon — aber es war trotzdem Unrecht. Hilfe! Olafs Geist!

Schiffbrüchige, ahoi! Unter Bezug auf das Seerecht bitten wir um...
Hören Sie auf, das ist doch ein Gespenster-schiff.
I wo!
Wir sind keine Gespenster. Wir haben nur...
...den Eisberg seetüchtig ge-macht.
Meine geliebten Neffen!
Übereilen Sie nichts, Herr Duck! Wir brauchen nur den Kompaß und etwas Proviant. Sie können immer noch Kaiser von Amerika werden.
Tja... könnte ich!
Aber Lixus, Pixus, Nixus! Auf deutsch: Mir langt's jetzt!
Gut, dann werde ich Kaiser von Amerika!
Findest du nicht, dieser Helm hat nun wirklich genug Unheil gestiftet?
Hocus, Pocus, Ver-schwindibus! Auf Deutsch: Jawohl!

SPLAT
SPLASH
Nun ist er weg. Niemand kann mehr Kaiser von Amerika werden.
Eben! Und mach deshalb bloß nicht so ein verzweifeltes Gesicht!
Wenn du auch noch mit dem kalten Glitzern im Auge anfängst, kannst du was erleben!
So kommt alles wieder in Ordnung. Donald ist wie früher Angestellter im Völkerkundemuseum...
Kampf und Abenteuer sind ja etwas sehr Schönes, aber...
Ach bitte, können Sie mir nicht sagen, wo die Briefmarken-Sonderschau ist?
Dritte Tür links! Warten Sie, ich bringe Sie selber hin.
Ich interessiere mich neuerdings auch wieder für Briefmarken.

WALT DISNEY'S
Donald Duck
DONALD DUCK
KOLONIALWAREN
Leider, Onkel Donald...
Es fehlt noch der fachmännische...
...Glanz!
DONALD DUCK
KOLONIALWAREN
777
TANKSTELLE
BENZIN
BENZIN
DONALD DUCK
KOLONIALWAR
777

Walt Disney's
Donald Duck
Im Wald und auf der Heide, da such' ich meine...
...Freu-heu-heude... Nanu? Wo ist meine Rasenwalze?
He, habt ihr meine Rasenwalze gesehen?
Doch, Onkel Donald!
Der Herr Hiebel wollt' sie sich ausborgen.
Und da haben wir sie ihm gegeben.
Spinnt ihr? Ausgerechnet diesem Muffel?! Der gibt sie nie zurück. Und der Rasen muß unbedingt heute noch gewalzt werden.
Der Alte hat eine schöne Wut im Bauch. Wenn wir nichts unternehmen, läßt er uns nicht ins Kino. Und es gibt doch „Der Sheriff und sein treuer Hund"!
Schau mal, Onkel Donald, was wir uns ausgedacht haben! Was sagst du nun?

Donald's Nephews
by Walt Disney
Geschäfts-
tüchtig
Flüster, wisper, flüster!
PAPIERHANDTÜCHER
10 KREUZER DAS STÜCK

Walt Disney presents
Donald Duck
Angeber oder Glückspilz?
Wenn diese Geschichte ein Märchen wär', würde sie folgendermaßen beginnen: „Es war einmal ein großer und mächtiger König, der hatte so viel Glück, daß ihm niemals etwas mißglückte."
Aaah, ein Diamant! Und ich Glückspilz finde ihn natürlich.
„Unter dem Gefolge des Königs befand sich auch ein Anverwandter von niedriger und gemeiner Gesinnung, der dem König sein Glück mißgönnte. Er wünschte sich sehnlichst, den König wenigstens einmal an Glück zu übertreffen."
Pah, das nennst du Glück? Warte nur, bis ich dir einmal vormache, was wirklich Glück ist. Da werden dir die Augen übergehen.
„Daher schmiedete der neidische Anverwandte mit seinen Neffen einen bösen Plan, wie er den großen König demütigen könne."
Ich muß irgend etwas tun, was Gustav bis aufs Hemd blamiert.
Ja, willst du etwa versuchen, mehr Glück zu haben als er?
Allerdings! Mir ist noch ganz schlecht von seiner Angeberei wegen des lumpigen Diamanten.
Wenn ich nur einmal einen ganzen Sack voll Diamanten finden würde, dann...
Wir wüßten schon, wo's so was gibt, Onkel Donald.
Sieh mal, hier ist unser Reiseführer für unerforschte Gebiete.
Weißt du, man geht einfach jeden Tag in die Wildnis und findet Amethyste, Achate und Aquamarine.
Hier steht genau drin, wo man sie findet.
JUWELEN FÜR JEDERMANN

„So studierte der böse Anverwandte die Karten und Pläne und machte sich auf den Weg, um sein Glück zu finden."
Türkise, Topase und Turmaline! Liegt dort einfach herum und wartet auf unsereins! Unvorstellbar!
Meinetwegen kann Gustav ab und zu einen kleinen Diamanten finden! Wir werden Juwelen scheffeln und mit Lastwagen nach Hause fahren.
In unserm Reiseführer steht, in diesem Gebiet wimmelt es von Smaragden, Saphiren und Spinellen.
Verschweig nicht die Opale und Onyxe!
Hier wollen wir halten und eine von den Schluchten untersuchen.
Später...
Ein Sack voller Rubine würde genügen, um Gustav fertigzumachen.
Hoffentlich dürfen wir hier überhaupt schürfen. Es könnte doch sein, daß das Land jemand gehört.
Quack!
Wer interessiert sich schon für solche Wüsteneien! Haltet lieber die Augen offen und schaut nach Edelsteinen aus.
Plötzlich!
Onkel Donald!

Ein ganzer Haufen Karneole, Katzenaugen und Chrysolithe.
In der Tat, in der Tat! Nur sind es natürlich Nefrit, Mondstein und Malachit.
Nach den Abbildungen im Handbuch sind es allerdings Lapislazuli, Labradorit und Serpentin.
Name ist Schall und Rauch. Jedenfalls ist es ein Haufen teuer aussehender Juwelen.
Und das beste daran ist: Wo dies ist, muß auch noch mehr sein. Ganze Säcke voll Edelsteine, die nur darauf warten, abtransportiert zu werden.
Hi! Hi!
Schnell in den Sack damit! Niemand darf wissen, was wir gefunden haben.
Onkel Donald, ich höre Schritte.

Darf ich fragen, was Sie hier auf meinem Grundstück zu schaffen haben?
I-Ihnen gehört diese Schlucht?
Jawohl, das ist mein Grund und Boden. Vierzig Hektar sind es im Ganzen!
Ach so... hm...
Sie suchen wohl Pilze?
Nein... äh, ich meine ja...
Dieser Blödel hat keinen blassen Dunst, daß er in einem Vermögen herumlatscht.
Wir... äh, ich schaue übrigens nach einem Stück Land für Siedlungs-zwecke aus.
Da haben Sie Glück, junger Mann. Ich bin nämlich bereit zu verkaufen. Fünfzig Taler das Ganze.
KAUFVERTRAG
Später...
Was sagt ihr zu meiner Gedanken-schnelle?
Stellt euch vor, fünfzig Taler für ein Stück Land, das Millionen wert ist.
KAUFVERTRAG
In dieser Woche habe ich drei Parzellen verkauft. Angenehm viel Idioten laufen in letzter Zeit hier herum.
TERRAIN-GESELLSCHAFT SCHMU UND CO

Bringt unsern Fund her! Wir wollen in die Stadt zurückfahren und neue Säcke und Werkzeuge holen.
Und dann schlagen wir hier für eine Woche unsere Zelte auf und schürfen nach Edelsteinen.
313
In der Stadt...
Sieh mal, da ist Onkel Gustav! Sollen wir ihm zeigen, was wir gefunden haben?
Unbedingt, unbedingt!
Ach du grüne Neune!
Wo habt ihr das gefunden? Soll ich euch mit meinem sagenhaften Glück nicht beim Suchen helfen?
Danke, danke!
Behalt dein Glück für dich. Vielleicht findest du im Stadtpark eine Diamantenmine.
Wie ist es möglich, daß dieser unbegabte Angeber mehr Glück hat als ich? Das muß einen Grund haben.
Zuerst waschen wir unsere Edelsteine, dann polieren wir sie fein und stellen fest, wieviel Karat sie haben.

Onkel Donald, komm mal her! Das sind ganz komische Steine. Die Farbe geht ab.
Wa-as?
Sie sind gefärbt. Es sind nur angemalte Kiesel-steine.
Ich bin entsetzlich beschummelt worden!
Dieser „Blödel" hat die Steine absichtlich in die Schlucht gelegt, damit wir sein Land kaufen.
Fünfzig Taler hab' ich ge-geben! Für ein Stück Land voller Felsbrocken und Kaktusse!
Aber ich hol' mir die fünfzig Taler wieder... mehr als das.
Wie denn, Onkel Donald?
Gustav! Dem verkauf' ich diese vierzig Hektar mit Kußhand. Auf, färbt die Steine von neuem!
Du willst Onkel Gustav auf dieselbe Art und Weise beschummeln?
Das ist Betrug. Und es ist sehr böse, andere Menschen zu betrügen.
Ich hab' es mir aber in den Kopf gesetzt, mehr Glück zu haben als Gustav, und ich werde es haben.
ROTE
GRÜNE FARBE
FARBE BLAU
LACK

Später...
Los, ihr Zwerge, wir fahren wieder zu unserer Edelsteinmine und holen noch eine Ladung von dem glitzernden Zeug.
Ihr geizigen, gierigen, gräßlichen Neidhammel!
313
Ich fahr' ihnen nach. Ich muß wissen, wo sie ihre märchenhaften Schätze herhaben.
Kommt er nach?
Ja, er fährt wie ein vergifteter Affe.
Später...
Hier ist unsere Schlucht. Los, nehmt die Steine und verstreut sie auf dem Boden.
Ja, jawohl, Onkel Donald.
Aber du wirst es bereuen.
Das ist Betrug.
Aha, hier also liegt eure Mine.
Du bist uns also gefolgt, du alter Schnüffler?
Kann ich mich hier nicht mal ein bißchen umsehen?
Meinetwegen! Aber Hände weg von unsern Edel- und Halbedelsteinen!
Granaten und Rubin, Beryll und Aquamarin! Liegt hier einfach in der Weltgeschichte herum!

Eigentlich brauchen wir gar nicht alles. Die Kinder und ich können ein solches Vermögen gar nicht ausgeben.
Ich würde mich gern zur Hälfte beteiligen. Könntest du nicht den Diamanten in Zahlung nehmen?
Na schön, weil du mein Lieblingsvetter bist, kannst du die Hälfte haben. Sind zwanzig Hektar.
Donald, altes Haus! Du bist ein wirklich guter Mensch! Ich bitte dich für alles um Verzeihung, was ich dir je angetan hab'.
Onkel Donald ist ein Betrüger. Er wird noch im Zuchthaus endigen.
Hier ist der Kaufvertrag, nun hast du ein Recht, hier nach Edelsteinen zu schürfen.
Wie himmlisch! Zwanzig Hektar voller Jade, Nefrit und Chrysopras! Mein, alles mein!
Nanu? Was muß ich sehen? Die Farbe geht ab?

He, heda, Donald, du gemeiner Betrüger, das sind weder Edel- noch Halbedelsteine – das sind gefärbte Kieselsteine.
Hahaha, Gustav Gans, das Schoßkind des Glücks, ist reingefallen. Wer hätte das gedacht!
„Da glaubte der große und mächtige König, die Glücksfee habe ihn im Stich gelassen."
Das kann nicht sein! Wo ich doch immer ein Glückspilz gewesen bin.
Wenn ich auf einen Schwindel reinfalle, so kann es keinen anderen Grund haben, als daß es mir zum Glück ausschlägt.
„Siehe – da geschah eine große Helligkeit am Himmel."
Ein Meteor!
CRASH!
Der Meteor ist auf mein... oh weh, auf Gustavs Land gefallen.
Meteore sind kostbar, ich hab' doch gewußt, daß es einen Sinn hat, wenn ich ein wertloses Stück Land kaufe.

Seht mal her, mein Meteor ist voller Rubine, Saphire, Karneole, Zirkone und Smaragde.
Siehst du, Onkel Donald, wir haben dir gleich gesagt, du wirst den Schwindel bereuen.
„Und wenn der große und mächtige König des Glücks noch nicht gestorben ist, so lebt er heute noch."
Tral-la-la-la!
„Der böse Anverwandte aber… nun, was geschah mit dem?"
Immerhin hab' ich noch Gustavs Diamanten. Der hat mindestens zwanzig Karat.
Kann ich ihn mal genauer besichtigen, Onkel Donald?
Oje!
Es tut uns leid, Onkelchen, aber nach unserem Handbuch ist es kein Diamant…
…sondern ein ganz gewöhnlicher Bergkristall.
Na schön, genießen wir eben den Sonnenuntergang.
ENDE

Walt Disney presents
Donald Duck
Die Kunst, Geld auszugeben
Was hat man doch dauernd für Scherereien mit dem bißchen Geld!
GELD-SPEICHER ZUTRITT VERBOTEN!
Erst vor einem Jahr hab' ich einen neuen Geldspeicher gebaut. Jetzt ist er auch schon wieder gerammelt voll.
CLICK
So, zu wär' er! Nun paßt aber auch kein Kreuzer mehr hinein, sonst platzt er.
Was bringen Sie schon wieder?
Noch mehr Geld, Chef!
In diesem Sack sind die Kinoeinnahmen vom letzten Monat.
Kinobesitzer bin ich auch? Das hab' ich ja gar nicht gewußt.
Verlangt ja auch niemand, daß Sie wissen, wo Sie überall Ihr Geld drinstecken haben, Chef.
In diesem Sack hier ist der Reingewinn aus Ihrem Modesalon „Modelia".
Ich in der Damenkonfektion! Seltsam, wie das Leben so spielt!

Und so weiter, und so weiter...
Das sind schon wieder an die dreißig Tonnen Geld, und ich hab' keinen Platz mehr.
Was mach' ich bloß? Was mach' ich bloß?
Wer betritt in diesem kritischen Augenblick das Zimmer...?
Mein Neffe Donald, der Ideenreiche!
Tag, Onkel Dagobert!
Warum so mißmutig? Hat dir jemand einen falschen Fuffziger angedreht?
Werd nur nicht witzig! Ich hab' Ärger genug.
Schau dir den Haufen Geld an! Ich weiß nicht, wo ich ihn unterbringen soll.
Der Speicher sieht allerdings ziemlich überfüllt aus.
GELD-SPEICHER
Das ist es ja! Wenn ich das Geld rumliegen lasse, wird es gestohlen, und dauernd daneben stehenbleiben, kann ich auch nicht.
Hmm!
Ich weiß was! Laß deinen Speicher doch aufstocken!
Aufstocken... aufstocken... bis das fertig ist...
Und außerdem klauen mir dann die Bauarbeiter das ganze Geld.

Warum bringst du es denn nicht auf die Bank wie andere Leute?
Weil alle Banken im ganzen Land schon bis zum Rand vollgestopft sind mit meinem Geld. Sie nehmen nichts mehr von mir.
Tja – dann gibt's nur einen Ausweg, um das Zeug loszuwerden… ausgeben!
Ausgeben!!! Brrr!
Wenn ich das bloß höre! Ich gebe grundsätzlich kein Geld aus. Es macht mich wahnsinnig.
Wenn es dir so schwerfällt, würde ich es dir unter Umständen abnehmen. Was tut man nicht für die Verwandtschaft!
Ein höchst eigenartiger Vorschlag! Aber vielleicht ist es wirklich der einzige Ausweg.
Aber du machst so etwas doch nicht umsonst, wie ich dich kenne, Bürschlein. Was verlangst du?
Na, sagen wir… einen Taler die Stunde!
Du spinnst wohl! Das ist reiner Wucher! Einen halben! Mein letztes Wort!
Gut, ich bin ja nicht so. Einen halben Taler die Stunde, bis alles Geld ausgegeben ist!
Mach dich sofort an die Arbeit!

Ich schlage vor, wir kaufen zuerst ein Auto.
Das da wär' ein passendes Wägelchen. Und sehr billig im Betrieb!
Ich gebe das Geld aus.
T 302
Das ist der richtige Wagen!
WINDHUND 300 PS
Was kostet die Kiste?
70 000 Taler! Doppelt soviel, wenn die Sitze mit Hermelin bezogen werden.
Sitze unverzüglich mit Hermelin beziehen! Hier, zählen Sie sich den Betrag selber ab!
Und jetzt wird ein Anhänger gekauft!
Ein Anhänger? Wozu?
Um das übrige Geld darin aufzuheben! Wir gehen auf Reisen.

Und...
Es ist mir schleierhaft, wie du auf Reisen nennenswerte Beträge loswerden willst.
Wart's nur ab!
Hat jemand Appetit?
Ja, wir!
Da gibt's Würstchen. Das ist etwas Billiges.
WARME WÜRSTCHEN
EIN-FAHRT
Auf diese Weise brauchst du Jahrzehnte, um dein Geld loszuwerden, Onkel Dagobert. Hier wird gespeist.
GRAND PALAST HOTEL
Die Preise sind ja grauenhaft. Den Besitzer müßte man anzeigen. Wegen Wucher!
Denk nicht an die Preise! Denk daran, daß wir Geld loswerden wollen!
Fünf Doppelportionen gegrillte Goldfasanenbrust, mit Pfauenzungen garniert! Und auch sonst alles, was dazugehört! Von der Suppe bis zum Käse!
Schlagsahne auf dem Käse gewünscht?
Selbstredend, mit einer Kirsche in der Mitte!
Kirsche kostet fünf Taler extra!
Vorzüglich! Dann bitte je zwei Kirschen!

Sieh doch, Onkel Donald! Da ist das Fähnlein Fieselschweif von unserer Pfadfindergruppe.
Lauft hinaus, und ladet die jungen Leute zum Essen ein!
Alles Freunde von meinen Neffen! Tischen Sie ihnen das Beste auf, was Küche und Keller bieten!
Hier, bitte! Zählen Sie sich selber ab, was wir Ihnen schuldig sind! Der Rest ist für Sie, Herr Ober.
So leben wir jetzt! In Saus und Braus sozusagen!
Ich gebe zu, du verstehst etwas vom Geldausgeben, Donald. Aber mußt du wirklich so schauderhaft verschwenderisch sein?
Ist es dir lieber, wenn du mir jahrzehntelang einen halben Taler in der Stunde zahlen mußt, oder wenn ich meine Arbeit schnell und gründlich verrichte?
Gut! Tu, was du für richtig hältst! Aber ich leide entsetzlich.

Oh, wir müssen einen Wagen kaufen.
Warum das denn?
Fliegendreck an der Windschutzscheibe!
Später...
Es ist genau derselbe Wagen, nur die Sitze sind anders bezogen.
Gott sei Dank, diesmal kein Hermelin!
Der war wenigstens schön teuer! Allerdings sah er aus wie Kaninchenfell mit Mauseschwänzchen drin.
He! Sie da! Warum haben Sie keine Schuhe an?
Weil ich kein Geld hab'!
Hier bitte, kaufen Sie sich zehn Paar!
Meine Kinder gehen auch barfuß, werter Herr, und meine Frau...
Wieviel Kinder?
Dreiundzwanzig! Und meine sechzehn Brüder und zwölf Schwestern haben auch Nachkommenschaft. Meine armen Tanten und Onkel...
Ich bin siebenhundertfünfzig Kilo Geld losgeworden. So muß man's machen! Schnell von Entschluß und noch schneller in der Ausführung!
Aha!

Ah, Reiseandenken aus Silber! Echte Indianerarbeit!
Große Klapperschlange beabsichtigt, den Touristen viel zu verkaufen.
Du sagst es!
T 0,10
T 0,10
Ich werde Armbänder, Broschen und Ringe für Daisy und alle ihre Freundinnen kaufen.
T 10
T 10
Und auch etwas für Gustav! Vielleicht ein Hufeisen aus echtem Silber?
T 50
ECHT SILBER
Oh, wir müssen einen neuen Wagen kaufen.
Schon wieder?
Die Lackierung des Wagens ist unmöglich. Paßt nicht in die Landschaft!
BLAU-GEBIRGE
Nach sechs Tagen und sieben Automobilen...
Ich bin fix und fertig. Aber ich habe pausenlos Geld ausgegeben.
Es war herrlich!
Können wir nicht öfter so eine Reise machen?

Habt ihr etwa immer noch Lust auf gegrillte Goldfasanenbrust?
Nein!
GASTSTÄTTE
Kann ich verstehen! Ich bin auch für eine Abwechslung.
IMBISSSTUBE
Ein Paar Buletten einen Taler!
Können Sie sie nicht in echtes Blattgold einwickeln, damit sie etwas teurer werden?
Endlich...
Ich hab's geschafft! Das Geld ist alle!
Und grad' noch genug Benzin, um nach Haus zu kommen!
Na endlich! Es war eine entsetzliche Nervenbelastung für mich.
DUCKSCHES BANKHAUS
So, da wären wir!
Komm mit in mein Büro, Donald, damit ich dir dein Gehalt auszahle!
Nie in meinem Leben hab' ich Qualvolleres erduldet. Ich hätte es nicht mehr lange ausgehalten.
DAGOBERT DUCK PRIVAT

Mann, was soll das?
Noch mehr Geld, Chef!
Aber ich habe doch gerade erst einen ganzen Haufen Geld ausgegeben?
Weiß ich, Chef!
Aber irgend so ein Verschwender ist überall herumgereist, hat in Ihren Hotels übernachtet, hat dauernd Fasanenbrust in Ihren Restaurants gegessen...
Hat Autos gekauft, die Ihre Fabriken produzieren, hat Hermelin in Massen verbraucht, der auf Ihrer Hermelinfarm gezüchtet wird, und...
...hat Ihre Schuhfabrik angekurbelt, daß Nachtschichten eingelegt werden mußten.
Und der Sack Geld ist gerade von Ihrem Silberbergwerk im Indianerschutzgebiet gekommen.
Kommt mein Spazierstock auch aus einer eigenen Fabrik?
Nein, Chef! Eine Stockfabrik haben wir noch nicht.
Wenigstens ein Lichtblick! Könnte mir denken, daß ich bald einen neuen brauche.
ENDE

DAS LUSTIGSTE BUCH DER WELT!
NEU
SOMMER
SONDERBAND
Walt Disney Lustiges Taschenbuch
10
Ab 22.6. im Handel
Auch als eComic!
LTB lustiges-taschenbuch.de
Erhältlich im Handel oder unter egmont-shop.de
EGMONT Shop

Alle Bände zum Sammeln:
Walt Disney Lustiges Taschenbuch
CLASSIC! EDITION
Die Comics von CARL BARKS
6
Walt Disney Lustiges Taschenbuch
CLASSIC! EDITION
Die Comics von CARL BARKS
8
Ab 20.8.
Walt Disney Lustiges Taschenbuch
CLASSIC! EDITION
Die Comics von CARL BARKS
9
Ab 22.10.
Erhältlich im Handel und
im Egmont-Shop unter
www.egmont-shop.de/ltb-classic